碧娜，首爾天空下
Bitna, sous le ciel de Séoul

勒・克萊喬（J. M. G. Le Clézio）——著

嚴慧瑩——譯

各方好評

．宇文正（作家、聯合報副刊組主任）、夏曼・藍波安（小說家）、陳慶德（「現象・韓國」專欄作家）、楊佳嫻（作家）、鍾文音（小說家）聯合推薦

就像《一千零一夜》藉著說故事和死神角力，《碧娜，首爾天空下》裡說故事和聽故事的人都需要故事，通過訴說和想像，提領生命裡的黑暗和夢想，然後可以勇敢死，可以更強韌地活。

——楊佳嫻

勒．克萊喬以他明亮溫馨的筆法，勾勒出首爾天空下的夢想。

——陳慶德

勒．克萊喬很像日本的村上春樹，文字風格鮮明，一讀就知道是他的作品。

——嚴慧瑩

韓風的《一千零一夜》，充滿詩意卻又殘酷，令人震驚的故事中，絕不參雜廉價的悲情與自憐……，作者著墨社會現象、現代人際關係的脆弱、以及南北韓之間深切的傷痕……。字句的魔力延緩死亡的威脅，藉由飛鳥象徵自由與重逢，整本書縈繞著文學美感。

——《快訊》雜誌（*L'Express*）

勒・克萊喬旅行四方，行蹤不定，但總是在讀者引頸時，有新作出現。《碧娜，首爾天空下》這本最新小說又一次展現作者樸素清新而纖細的筆調，故事與故事之間串聯如行雲流水。

——《解放報》（*La Liberation*）

勒・克萊喬以這本書成功反映韓國社會的百態，這個南北分裂、陷入急速現代化洪流的國家的不安與自信。

書中每個故事遊走於想像與真實之間，社會事件幻化為童話，反過來，童話也顯現社會真實。

字句是表現藝術的一種方式，特別是文學，能夠喚起記憶，顯影、深勾、還原、普及……，勒・克萊喬的字句絕對值得諾貝爾文學獎！

——《世界報》網站（Lemonde.fr）

承襲《一千零一夜》的精神，以完全現代的手法，重新運用這個古老而平民大眾化的童話敘述文體！

——《觀察家》雜誌（*L'Obs*）

總有一天，會在首爾天空下重逢。

（首爾諺語）

我叫做碧娜（Bitna），快滿十八歲了。我這個人沒辦法說謊，因為我的眼珠顏色很淺，一說假話就能從我眼睛看出。我頭髮的顏色也很淺，很多人以為我是用雙氧水讓髮色變淡，但我生來就是這樣，髮色是玉米色，那是因為我外婆戰後飽受營養不良、我媽媽也營養不良的原因。我出生於南方，全羅道省（Jeolla-do），家裡是賣魚的。我父母並不有錢，但我高中畢業後，他們想讓我接受更好的教育，所以找到「天空大學」（Sky University）[1]，借了錢繳學費。至於住宿，最開始並沒有什麼問題，因為姑媽（我爸爸的姊姊）答應收容我，住在他們陽澤區（Yongse）小小的公寓裡，就在大學旁邊。我和他們的女兒住同一房間，她叫做白華（Paek-Hwa），跟她名字「純潔的白花」完全扯不上關係。我說這些細節，是因為與她同住的關係，才引發之後發生的所有事情，也讓我學到和學校老師教的一樣重要的人生教育，因為在這個小小的房間裡，我發現一個人竟然可以

1 譯註：韓國三大名校首爾大學（Seoul National University）、高麗大學（Korea University）、延世大學（Yonsei University）各取英文字首便是SKY，作者將之小說化，編了一個「天空大學」。

如此惡意、妒忌、懦弱、懶惰。

白華比我小好幾歲，而我很快就明白，姑媽之所以收容我，是為了要我照顧她女兒。剛開始還只是一些請求，「碧娜，妳這麼乖巧，能不能督促妳表妹做功課（或是督促她整理房間、幫忙家事、拜拜儀式、洗內衣褲等等）」，慢慢地，這些提議變成比較嚴厲的要求（「唉啊，妳也知道自己應該做她的榜樣嘛」），到後來就是直接命令：「碧娜！不是跟妳說過了嗎？去叫表妹起床，幫她把早餐準備好！」

情況很快就不可收拾。白華光知道任性，都十四歲了，她唯一關心的就只有她自己，她可以好幾個鐘頭對著放大美妝鏡審視皮膚的瑕疵、紅斑、青春痘，用棉花棒擠出膿，用酒精棉片擦拭，再塗遮瑕膏和粉底掩飾。在醫美這一塊，她簡直成了專家！

每分每秒都像在作戰，費盡唇舌、苦口婆心跟她說該做什麼，到最後總是以她的尖叫和眼淚結尾，或是大發一陣脾氣，把所有手邊抓得到的東西丟到我頭上，有時往窗外丟，碗盤、杯子、甚至刀子，我連看都不敢往窗下看，深怕砸死了人。之後，收拾殘局的還是我，加上姑媽的斥責，「妳真是忘恩負義，我們付出這麼多，全力資助妳，若不是我，妳只能上街討飯，要不然就回妳的全羅道和那些捕魚的混一起，在市場上刮魚鱗清魚肚！」我又能怎麼回嘴呢？

打從那段時間，我就開始在這個城市裡遊蕩。大學的課只占去我一部分時間，其餘的時間我就在街上遊走，或是搭公車、地鐵到遠一點的地方。剛開始在街上遊蕩，是為了忘記家裡的問題、和表妹同住的房間的髒亂，以及姑媽不斷的斥責。一離開公寓，關上鐵門，走下通往大街的陡峭樓梯，我就感覺卸下了重量，呼吸更自由，兩腿充滿活力，不禁微笑起來。

街上是我探險的地方。在全羅道我們那鄉下小鎮，什麼事都不會發生。小鎮中心就是那一兩條街，幾家店鋪，基本上都是賣食物的鋪子，還有幾家餐廳，傍晚五點，一切歸於沉寂，熱鬧喧囔都在大清早時分，拖拉機後面還拖著一堆載滿白菜和洋蔥的大車子。我們的生活按照一年三大節慶來劃分，中秋節、新年、掃墓祭祖的寒食節。我剛到首爾的時候，感覺像到了一個新世界。每一區四周都圍繞著寬廣的大馬路，上面流動著海一樣的轎車和公車，朝各個方向奔馳。人行道上人群之擁擠，讓我必須學著怎麼走路才能不撞到迎面走過來的人，也就是說，身軀瘦小的我（身高一五六公分，體重43公斤）必須跳起來閃躲，以免撞上，有時還得往下走到馬路上才躲得開。剛開始，我陪姑媽和表妹一起出門購物。她們有恃無恐的樣子讓我很驚訝，她們絕不會往下走到馬路上，而是兩人挨得緊緊的形成壁壘，兩眼直視往前走。根本是衝鋒戰車的作戰法！我呢，則是小心跟在她們屏障之後。我注視每個人的眼睛，這也是城市人不會做的。甚至最開始的時候，我還和路上行人問好，尤其碰到老年人的時候，直到姑媽訓斥我：「碧娜，妳幹嘛跟所有人微笑？想被人家當成智障嗎？」白華嘲笑我：「真是個鄉下佬，沒見過世面！」

就是來首爾的這第一年，我養成了不引人注意而觀察路人的習慣。這有時做起來並不那麼容易，必須找到一個觀察的好位置，不能太遠，也不能太靠近。在地鐵裡，可以看窗子上的倒影來旁觀，雖然不太清楚，也很容易被發現，因為對方轉向窗子時也能看見你的倒影。公車上就比較好，因為是在天光下，可以透過窗戶直接觀察。若是對方坐在車子裡，那你就從公車上居高臨下，當公車停下或沿著人行道緩緩往前開，你就有時間好好觀察行人，想像在他們身上發生的各種事情。猜測他們從哪裡來的、從事什麼職業、他們的憂慮、感情問題、金錢煩惱，或是他們以前遭遇過什麼、他們的回憶、家庭與悲傷。

我有一個小筆記本，會在上頭記下觀察到的所有人、事，並快速描繪一下那些人：

一位五十歲左右的女士。穿著一件有點破舊的黑色大衣、平底鞋，提著一個、兩個金色扣環的仿皮皮包，頭髮灰白捲曲，嘴邊有皺紋。她住在江南區一棟住宅大樓，離婚了，住的公寓很小，她很想養一隻狗，但大樓規定禁止養寵物。她叫做羅美秀（Nah Mi-Sook）。她一輩子在銀行工作，在玻璃櫃台後點數鈔票、辦理匯款。還沒到年紀就提早退休。她甚至想過自殺，但沒那個勇氣。

公車又開動時，我們的眼神交會，她有點驚訝，把眼睛轉開，過了一會兒，公車緩緩往前駛，我轉過頭，她對我露出微笑。

一個年輕女子，獨自站在人行道上，旁邊並沒有公車站，看起來像在等人，她的男友會開車來接她，他已經遲到了，她不耐煩地皺著眉，不想再等了，但雙腳就像釘在地上，動都沒法動，像置身一場惡夢……我想幫她取名為高恩智（Koh Eun-Jee），覺得這個名字跟她很相配。明天我又搭這班六六〇公車時，她或許還待在原來的地方。她的男友後來決定分手，已不接她電話，她又不敢去他家找他，因為他已是有婦之夫。

一位老太太，從她被太陽曬得黝黑的臉孔、被農活折彎的腰可以看出她應該是從南部來的。她陪女兒和孫女來首爾就醫，她很擔心遲到，公車一到站就衝上前，然後再退一步，她的眼睛很小，臉頰上佈滿鴨掌似的皺紋，鼻樑上長著一顆痣。她的女兒叫做永珍（Youn-Jin），三年前和一個車掌先生結了婚，孫女叫做允子（Yunja），她幫孫女選了個和自己相似的名字，雖然通常是在姊妹之間才會這麼做。孫女也有個洋名，瑪麗亞，因為車掌是基督徒。

我把名字、地方都記在筆記本裡，就好像我會再看到這些人，但我知道再也不會看到他們，這個城市如此之大，可能走一百萬天都不會遇見同一個人，儘管諺語說：**總有一天，會在首爾天空下重逢**。

之後，我找到一個觀察別人更好的地方，就是在鐘路區（Jongno）的那家大書店裡。下課之後，我就搭地鐵到那兒，往下走到擺滿書的地下室去。對我來說，能隨手讀到這麼多書簡直是難以置信，因為在全羅道家鄉，我們沒錢買書，我有的只是學校裡發的破舊、骯髒、油膩的課本，書頁上還被好幾屆以來擁有它們的學生亂塗鴉。所以當我發現這個新世界，就再也無法走開。每天下了課我就到書店，待在一個角落看書、看人。我立刻喜歡上外國翻譯小說那一區，隨便從書架上抽出一本就開始讀。我看了許多狄更斯（Dickens）的小說，其中一本我非常喜歡：《爐邊蟋蟀》（*The Cricket on the Hearth*）。我一旦開始讀，四周什麼都不存在了，聽到的只是火爐上大燉鍋的響聲，還有看不見的蟋蟀不知在哪個角落灰燼裡的唧唧聲，我想像自己置身這個大房間的大火爐邊，傾聽查理士・狄更斯為我訴說這個故事，用英文專門為我一個人訴說。還有羅琦（Mazo de la Roche）的Jalna小說系列，或是瑪格麗特・米切爾（Margeret Mitchell）的《飄》（*Gone with the Wind*），之後我又發現愛倫坡（Edgar Allan Poe）的一系列小說，讀了《黑貓》（*The Black Cat*）、《橢圓畫像》（*The Oval Portrait*），書中字句蠱惑著我，讀著就忘了時間。我也看法文原文書，因為兩年前開始，我開始學習這如此溫柔充滿音樂感的語言。櫃上只有幾本法文書，其中我很喜歡的是賈克・普維（Jacques Prévert）的詩集。

有時候，會有一個年輕男孩走過來，坐在我旁邊，看著我讀書，由於他的眼光注視著，遲遲不移開，我只得把眼睛從書中抬起。「不好意思，」他說：「書店五分鐘後就要打烊了。」我一陣困窘，臉紅了，試著找藉口：「我還沒決定買哪本書，對不起。」他客氣地點點頭，就像其實這一點都沒關係。「不，不，您不必急著決定，可以明天再過來。」他身材並不很高，漂亮的黑色杏仁眼，鼻子很纖細，我想有一天也該把他收進我喜愛的幻想人物名單裡。我當下幫他取了姓，他叫朴先生。

在這間書店裡，我似乎才開始真正觀察別人。公車、地鐵、街上人行道都不是觀察的好地方，因為人都不斷在移動、快速前進、跑來跑去；或者相反，當他們靜止的時候，我自己反而成為被觀察的對象，這是我最害怕的事情，因為事實上我希望的，就是能被別人視而不見，甚至乾脆不被看見。

一天，發生了一件改變了我生命的事。我瀏覽完一本書，把它放回架上時，朴先生走過來和我說話。

「請過來，」他對我說：「我有個東西給您看。」

我不知道他的企圖，但乖乖跟著他。或許有某一刻，我想像著他是要我來書店工作，這正是我的夢想，我很喜歡讀書，同時也非常需要錢。姑媽動不動就對我說：「妳實在是我們很大的負擔，妳得找方法付妳的學費和住宿才行。」表妹知道我的困境，還更加倍殘忍，故意把房間弄亂，然後好整以暇地看我收拾。

朴先生打開辦公桌抽屜，遞給我一封信。信是用打字機打的，內容如下：

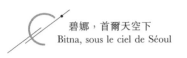

我名叫金世莉（Kim Se-Ri），但我比較喜歡我的外文名字莎樂美（Salomé），我因病無法離開家裡。我非常喜歡聽故事，希望有人能來為我敘述這個世界。這個徵人啟事絕非玩笑，我會付出豐厚的薪水換取您所說的故事。

下方附上的是電話號碼。

朴先生把信遞給我，我機械式地接過來，折起來放進裝著英文課本和筆記本的包包裡。好幾天我都忘了這回事，之後才找出信，拿起電話打給莎樂美。

講給莎樂美聽的第一個故事，二〇一六年四月

春天，當花苞開始竄出，帶著襲人花香的風開始吹起，曹韓秀先生（Cho Han-Soo）就會提著他的鴿子籠到大樓樓頂。曹先生有權利這麼做，因為他是大樓管理員，整棟大樓只有他有頂樓的門鑰匙。這棟大樓是80年代建築，位在整片社區中的這棟大樓，叫做*Good Luck*！（是真的，寫的還是英文，後面接著驚嘆號）——我也不知道原因，可能是它離富有、幸福如此遙遠的關係吧——這棟樓毫無風格可言，上千個一模一樣的窗戶，上百個小陽台上，有住戶在穿過玻璃帷幕的蒼白陽光下曬衣服。曹先生這棟大樓有個號碼，19，用黑色油漆標在一整片沒有窗戶的牆上。這樓是19號，因為社區裡另外有18棟相似的大樓，19號樓是位置最佳的，位在龍山（Yongsan）區上方小山丘的

頂端。

曹先生登上位於二十樓的樓頂，望著四周的城市風景，一排排的水泥建築從薄霧中冒出。雖然只是春天，陽光已經很烈，籠裡的鴿子隨著溫熱的春風騷動，被四周松樹枝頭湧冒出的氣息牽引。牠們咕咕地叫，在籠子裡擠來擠去，伸長脖子朝向籠外，渾然忘記方格型的籠子邊上還釘著網架。有些人說：「鴿子是自然界裡最愚蠢的動物！」為了強調，還說鴿子還笨到想要試圖從連嘴一半都鑽出不去的洞，逃出籠子。「看看牠們的腦袋大小吧！」他們既然這麼說，還有什麼可討論的？曹先生曾一兩次試著反駁：「但是牠們會飛，你們能想像飛行嗎，這和開車或是數獨遊戲（Sudoku）比起來，終究是另一回事啊！」眾人、鄰居、大樓住戶、甚至其他大樓的管理員，都知道曹先生愛鴿如癡。

冬季，一切平靜，鴿子和曹先生都處在一種懶散昏睡的狀態。曹先生和*Good Luck*！的管委會長達成協議：他當管理員，但不支薪，但得讓他可以把信鴿養在身邊，並把牠們帶到大樓樓頂吹吹風。「但要當心您那些鳥不能弄髒環境，也不能帶牠們搭電梯喔！」曹先生一口答應。這當然是管委會長通融，但也是因為曹先生以前是警察，大樓裡有位警察還是好的，總有用到的時候。曹先生擔任19號樓的管理員已經五年了，之前他住在鄉下，住在和北韓交界不遠的江華島（Ganghwa-do）的一個小村子。他在那個村子長大，他的母親經歷戰亂，逃離到這個小島上，安頓下來，在農場裡栽種洋蔥和馬鈴薯，她一開始先當女工，後來嫁給農場的主人。曹先生還小的時候，戰爭雖已結束，但時局還不穩定。到處都有士兵，路上行駛的都是坦克車和卡車，不遠處還有一個美軍基地。他對於母親、祖父母、父親所生長的地方，認識的只有地名：開城（Gaesong）。曹先生聽他的媽媽幾次說起，他的祖父身材高大俊美，膚色非常深，頭髮濃密，是傳統戲曲板索里（panshori）[2]的說唱藝人。祖父仗著老婆，成了一個梨子園的農場主人。他母親說，祖父是有錢

2 校註：韓國清唱藝術的一種。

人，雖然個性專制卻為人慷慨。戰爭後他的景況如何呢？現在他早已辭世，邊界的這一邊沒有人會記得他，只除了曹先生，因為他聽了母親對他敘述的一切，而這些回憶，也在母親離世的時候，一併帶走了。他對鴿子的熱愛，傳承自母親。當她逃過分界線時，帶了一對她父親養的信鴿，和兒子一起塞在袋子裡背在背上，袋子刺了幾個洞，讓他們得以呼吸。她帶著信鴿是希望有一天牠們飛回故土，把消息捎到留在邊界那一邊的家人。但是時光流逝，曹先生的媽媽一直都沒勇氣將牠們派出，牠們一直活在邊界這邊，漸漸老去，死了。但是在那段時間裡，牠們繁衍了很多後代，這些小鴿子就是曹先生養大的，希望有一天，或許，牠們會完成被賦予的使命。他從沒跟人提起過這件事，誰會相信鳥到了第三、第四代，還會對祖國保存著記憶呢？

那是個早晨，對鴿子來說，早晨是最好的時間。曹先生把一個又一個，共五個鴿籠都提上頂樓，每個鴿籠裡各有兩對的公鴿母鴿，以厚紙板隔開。每對鴿子都有個稱號，有點像是家姓，而這家的成員又各有個名字。這看起來似乎很無聊。鄰居李太太有一天就跟曹先生說：「給這些鳥取名字幹嘛？難道鴿子知道自己叫什麼名字嗎？又不像狗！」曹先生譴責地看著她，說：「牠們知道自己的名字，太太。依我看，牠們比您的狗聰明多了。」李太太可不同意，她最喜歡鬥嘴，甚至很高興曹先生終於開口說話了。「這是我聽過最可笑的話了，」她說：「您那些鴿子有哪點比我的狗強啊？」曹先生回答：「牠們會飛！」這個不容置疑的回答堵住了李太太的嘴。事後她才想：「我那時應該回他說，會飛不表示聰明，『青蛙』（這是她的狗的名字，因為牠身型小、腿短、圓墩墩的，吠聲聽起來像蛙鳴）要是有翅膀，一樣也會飛。」

因此，這個春日早晨，曹先生把五個鳥籠提上樓頂。他沒搭電梯，因為身為大樓管理員，他遵守和*Good Luck*！的管委會長達成的協議，不讓鴿子進電梯，要不然可能會被擁有大樓的銀行所懲戒，然後也會被某個居心不良的住戶拿對鳥類羽毛過敏當藉口，這下就會引起糾紛，曹先生不喜歡和人有糾紛。

曹先生氣喘吁吁地到達樓頂，他得爬五次的二十個樓層，他算了算，上一次樓頂大約有四百階，這樣加起來就有兩千階。曹先生年紀不輕了，已過了退休年紀，之前在警界服務了三十年，雙腳和肺部讓他感受到自己已非二十歲，甚至已非三十五歲了。登到樓頂，他先休息一下，坐在大樓通風口的檯子上，看著城市緩緩從早晨薄霧中浮現出來。再過一會兒，他便可清楚看到南山（Namsan）和首爾塔的尖頂，也可以看到更遠些，如蛇般蜿蜒的漢江的粼粼水光、江南區的摩天高樓、如彩帶般的高速公路。這是春天的一個周日，時間還很早，城市的聲音減弱，好像所有人都屏息等待接下來的事。

時候到了。鴿子等得愈來愈不耐煩，在狹窄的籠子裡團團轉，試著拍動翅膀，羽毛摩擦的窸窣聲更強調牠們失去了耐心。曹先生的身體也感受到這種躍躍欲試，像一股電流在四肢竄動，流到手指時則更為強勁，使他手背上的汗毛都豎起來了。他蹲在籠子前，和鴿子說話，緩緩地一一叫著牠們的名字：

火狐，還有你這小子燕雀
藍鴿，還有你紅喉
火箭，白箭
光，月亮
蒼蠅，蟬
旅行者，總裁
特技演員，小灰
鑽石，黑龍
歌者，國王
舞者，刀子

他喜歡把臉湊到籠子邊，一一叫喚牠們的名字，被叫到名字的鴿子就停止騷動，仰著臉睜大黃色的眼睛。對曹先生來說，這就好像他得到了一份信賴、一句感謝、同時也是一個允諾。允諾什麼呢？他也說不清，但就是這樣：這樣的允諾和他緊緊相連，讓他保有對過去的記憶，像多日昏睡醒來後，重新繼續的夢。

就是這時候了。曹先生打開一個長型、像小學生鉛筆盒的洋鐵盒，裡面是他準備好的許多紙條，乾乾淨淨地親筆寫在幾乎透明的米紙上的信息。這些信息是曹先生想了又想才寫下的，他不想隨便寫寫。他可不是寫著玩的，雖然他女兒秀美（Soo-Mi）拿這個開他玩笑：「爸，你是想寫情書喔？」或是：「別忘了加上你的電話號碼！」她當然不會相信這些，這不屬於她這個世代，也不屬於這棟大樓的年老住戶。他們活在當下，對曹先生這些稀奇古怪的想法只是訕笑。他們用網路、用手機或電腦螢幕寫訊息、簡訊。他們甚至早就不再寫信了。秀美幾年前還滿喜歡寫信呢，曹先生記得她還寫了一些小詩，讓爸爸像捲菸一樣把它捲起來，繫在鴿子腳爪上。之後她的新鮮感就過了，當他們搬到這個大城市中心的這棟大樓，她就不再相信飛鴿傳書這檔子事，她變成和其他人都一樣了。

是時候了。曹先生打開「黑龍」的籠子，小心掏出鴿子，捧在手心裡，感受到牠胸口快速的心跳，溫熱的腹部，以及冷冷的鳥爪。他用大拇指輕輕撫摸鳥兒，將牠湊近臉前，輕吹著牠的頭和鳥嘴尖端。鴿子眨眨眼，然後瞳孔睜得圓圓的，因為牠明白時刻到了，牠可以做牠在行的事了——飛翔。

起風了，空氣中混雜著溫柔和苦澀，曹先生熟知一年中的這個時節，也是他最喜歡的時節——「想望花朵的春風」吹起的時節，雪中還混雜著李子樹害羞地綻放花朵的香味，這是他對山谷的回憶。這裡沒有李子樹，只有*Good Luck*！大樓住戶閒來無事種在花盆裡的植物，以及沿著大樓下方種有幾棵不開花的木蘭樹。

「黑龍」在主人手臂上抖動身軀，曹先生感受到羽絨下小小的心臟，像鈴鐺一樣快速跳動。他在鳥嘴上輕輕吹氣，低聲說著鼓勵的話，他不說句子，只是用了幾個他精心選擇的字彙，溫柔的、圓潤的、輕盈的字彙。「風」、「精神」、「光亮」、「翅膀」、「愛」、「歸來」、「青草」、「白雪」……對「黑龍」

他只想說一個字：「希望」，對牠的伴侶「鑽石」，他選擇了「願望」這個字，因為韓文裡這個字也代表「風」。「黑龍」專心聽著，眼睛裡黃色的瞳孔睜得圓圓的，曹先生聽到牠喉嚨深處發出小石子滾動般的聲音，這是牠的語言，但這只是喉嚨發出的語言，因為鴿子的語言其實是由全身散發出，由迎風的羽翼、翅膀、羽毛和尾巴，劃破空氣、投身在風中放送出。曹先生緩緩靠近牆邊，伸直手臂，像把鴿子獻給天空。噗！「黑龍」衝出去，先是往下方街道下跌，但一瞬間又往上飛衝，開始翱翔，在建築物頂端盤旋，然後朝著太陽升起的方向飛去。

「鑽石」在籠子裡焦躁。牠聽到振翅的聲音，現在輪到牠了，牠知道，牠呼喚著。當曹先生把牠捧在手裡時，牠啄著他手心，好像在說：「放開我，笨蛋！我的愛侶已經翱翔天空，快讓我去和牠比翼雙飛！」曹先生不必走到牆邊，他只要雙手一攤開，「鑽石」就飛奔出去，牠比伴侶身姿輕盈，筆直衝上天，在腳底下的大道上方畫了一圈弧形，不出一會兒就消失在陽光裡。曹先生的眼睛無法跟隨牠的影蹤，他眼力已衰弱，強烈的陽光會讓他流眼淚。

然後，曹先生就開始漫長的等待。他知道可能要等好幾個鐘頭，有時甚至要等到晚上。他在樓頂坐在鳥籠旁邊，閉上眼睛，想像著「黑龍」和愛侶「鑽石」翱翔在城市上方，可見高聳的玻璃帷幕大樓像水晶懸崖，還有彩帶般的高速公路，以及更遠處的江水。好幾個星期以來蓄積在他們翅膀上的精力也解開桎梏，如雷電般爆發，翅膀快速拍動，風將牠們往高處推，江上的冷空氣又拉著牠們下墜。「黑龍」帶頭直飛江邊，之後是「鑽石」領頭，沿著漢江朝著島的方向直飛到橋上。天上也有其他的鳥，飛的比較低，海鷗、沙鷗，以及小島附近的野鴨。兩隻鴿子並不停留，牠們在江上盤旋，水面漣漪閃爍，風吹折了草叢和燈心草的莖桿，大橋上因早上堵車，路上塞著一堆車，一陣低沉的喇叭聲、野鴨呱呱叫聲、緩緩跨越大橋的火車鳴著笛聲。曹先生為了在漫長等待中有人相伴，把最早期的一隻鴿子也帶來了，那是他母親時代就養的一隻鴿子，或許是當年帶來的、最早那對鴿子所生的一隻雄鴿。他幫牠取名「飛行員」，因為牠飛得那麼高，就像一架飛機。但現在牠的眼盲了，腳肢因關節炎而痲痺，所以動也不動地待在主人的手心裡，嗅著風的氣味，感受陽光撫慰著羽毛。

莎樂美拍著手，她雙眼晶亮。她想做些手勢，但左手不聽使喚，本想摸額頭的手卻碰上鼻子，因而扮了個醜醜的鬼臉。

「現在您想休息一下，不是嗎？」我問。

莎樂美身材高大瘦削，但因病縮在輪椅上。孱弱的腿上蓋著蘇格蘭毛毯，讓人看不見她包著尿片。然而，她很會自我解嘲，說：「這是為了掩蓋我抖顫的腿，總不能因為這樣丟了我的幸福吧！」沒錯，我也聽過這個傳說故事，我希望她還擁有自嘲的勇氣。

我堅持：「您應該累了吧？」

「不累，一切都很好。」

她非得要找到東西抱怨不可，這是她的個性。但她努力找尋，最後只是抱怨我的故事裡沒有加上地名。

「我很喜歡您講的故事，感覺自己也能像曹先生的信鴿一樣飛翔在城市上空。感覺自己好輕盈！」她發出一聲短促的挖苦、冷笑。「但是我要知道那些名字！」

我沒聽懂：「名字？什麼名字？」

她做個不耐煩的手勢：「地名啊，您說的那些鴿子，牠們飛過的地方，告訴我那些地名！」

我只好開始杜撰地名，除了這個城市我知道的所有地名，還有不存在的地名，那些我從沒去過的地方、只在夢裡看見過的地方。

「黑龍」和「鑽石」飛越一棟棟大樓上方，直飛到漢江，然後飛到汝矣島（Yeouido）上空，一棟棟政府行政機關的大建築，星期日下午老人家帶孫子去散步的公園，牠們側飛，越過西江大橋（Seogangdaegyo），上面一輛接一輛奔馳得像昆蟲般、上百萬輛的車。牠們依舊不停下，飛過野鴨群聚的小島，之後往回飛，沿著漢江、運河，飛過明洞（Myeong-dong），飛過Savoy旅館，下方是塞著車的街道和陰暗的小巷。牠們沿著山飛，或許「鑽石」想在山上的

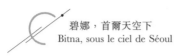

松樹梢上停留片刻，牠如此喜歡松樹的氣味，很希望「黑龍」下定決心為牠們築個巢，或許吧，有一天會，但此時「黑龍」快速展翅，繞一圈弧形朝向鐘路區，朝向教保文庫書店（Kyobo）的大樓飛去，牠們倆比翼飛向仁寺洞（Insadong），飛向昌德宮（Changgyeonggung）的花園，在秘苑上方飛越過陽光閃耀的小湖，空氣中是樹木、花朵的氣息，山上拂下的風將牠們往後推送到東大門（Dongdaemun）、三清洞（Samcheong），曹先生在滿布灰塵的大樓樓頂，想像牠們所看見的，傳統式的屋瓦上了漆，在陽光下閃耀，還有花園、四方內院，然後鴿子飛回景福宮（Gyeongbokgung）附近，直到火車站，牠們朝著太陽低飛，已經是黃昏，牠們飛了這麼久也累了，又繞著三星（Samsung）大樓轉了半圈，漢江吹來的風或是黃昏的熱氣將牠們推往龍山（Yongsan），朝向曹先生等待的大樓樓頂。

莎樂美的臉龐呈現激動、狂熱的樣子，當我說到那些地名，她閉著眼睛，和那對鴿子一起飛行，從一條街飛到另一條街，感受到漢江吹來的風，耳邊聽到車子、卡車、公車混雜的聲音，還加上駛近新村火車站（Sinchon）的火車在鐵軌上的金屬聲。

我杜撰了很多地名：

Songsi, Myeongju, Cheonggang,Pyeolhae,Paramgebi, Tokhae,Hongro……

這些字根本是瞎掰，但是莎樂美相信，她過於蒼白的雙手緊握住輪椅的把手，好像已經起飛，遨遊在雲朵之下……

然後莎樂美微微地癱在輪椅椅背上，閉著眼睛，蒼白的眼皮上塗著藍色眼影，她竟睡著了。我不發出聲音，輕悄悄地站起身，拿起一個裝有五萬韓幣的信封，信封上寫著我的名字，粗體字母大小不一：

BitNA（碧娜）

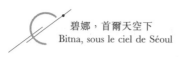

我推開套房的大門，往外走到街上。

那陣子，家裡的情況每況愈下，衝突爆發的次數愈來愈頻繁，有一部分的原因是因為我表妹，那甜美可人的白華開始晚上外出、交男朋友，心也完全不在課業上。

「妳有很多人生閱歷，」姑媽跟我說——她說的是哪門子閱歷？——，「妳該勸她改正，她在學校根本不念書了，甚至說不要繼續上學了，還說上學一點用都沒有。」

我又不是沒試著勸她過。其實我有點同情她，她只是個被父母寵壞的孩子，對人生沒有絲毫認識。有天下午，我等在學校門口，想好好勸說她一頓。我們去了弘益大學附近（Honggik）的Lavazza咖啡店，為了要抽菸，她選擇坐露天座。

「或許妳不該這麼年輕就抽菸，」我說。

「妳自己就不抽菸喔？」

「我在妳這年紀的時候還沒開始抽。」

「那現在抽又有什麼差別嗎？」

我不想再辯。反正，她明著抽或暗著抽菸，都與我無關。

「妳愛怎樣就怎樣，但是妳上學都不用心。」

「妳怎麼知道？」

「妳聽好，我看了妳的成績單，妳老是缺課，成績慘不忍睹。」

「我的成績干妳甚麼事？」

她的脾氣突然大爆發，傾身朝向我，我看見她的瞳孔放大，她氣得太陽穴上的青筋也暴出。

「妳算什麼東西，妳只是個鄉下人，只因為上了大學，就自以為高人一等！回妳的全羅道，好好捕撈魷魚吧！」

一瞬之間，我覺得她又醜又粗俗。我聽著她的羞辱，不禁覺得她和姑媽好像，除了相差二十歲之外，兩人同樣的大臉，塌下巴，低額頭。她對我說的那些話，回去捕撈魷魚的種種，都是從姑媽的嘴裡聽來的，在我背後，姑媽想必就是這麼說的。

我決定了。用從莎樂美那裡賺的錢，我在另外一區、新村山丘上租了一個小房間。這房間的好處是有獨立的出入，我不必進出都碰到房東。這只是一個半地下室的房間，附有一個老舊的洗手台和廁所，用塑膠簾子隔開。房間有點陰暗潮濕，但這是我的家，再也不必聽表妹的冷嘲熱諷，更不必忍受姑媽的斥責和她先生的打呼聲了。我去學校上課，買點小東西果腹，一罐可樂和香菸，感到我就是全世界最快樂的人。我從沒想像到獨自一人是這麼舒服，完全孤獨，不必見任何一個人。我真的無法了解有些女生抱怨沒朋友、太孤單。她們根本不知道自己的幸福。我甚至不需要男朋友，覺得所有遇到的那些男生都很愚蠢、很虛榮，都是些天之驕子，被媽媽、女朋友、姊姊、老師寵壞了。他們只關心自己，花所有時間注意自己的髮型、噴香水、順好頭髮拿手機自拍。那些湊過來試著對我花言巧語的男生，都被我輕鬆打發，只消一小句批評，他們就會知難而退：「你，看看你臉上的痘子！」或是：「從沒人跟你說過你體味很重嗎？」或是：「你這件夾克哪裡翻出來的啊，穿起來像修車廠工人！」這樣就夠了，他們就會轉移目標。

他們令我想到那些騙錢的壞蛋，天花亂墜地把人騙到郊外、洗劫一空！

我唯一想見的人，只有莎樂美，不是因為她僱用我講故事，而是她聽我敘述時的樣子，全神貫注，好像全身無法施展的精力都由眼光傾洩而出。一天早上，她打電話給我，我正在上課，看到手機上顯示她的號碼，但我並沒有回電，直到午餐時間，我在大學餐廳裡正喝著湯，她又打來。

「Moshi-Moshi？」（她打電話時都這麼招呼。）

「我需要您來，想聽故事的後續。您為何不回我電話呢？」

「我學校事情很多，他們邀我組織一個翻譯研討會。」

我說的是事實，但其實占據我最多時間的是搬家。我不能跟她說這個，因為我們決定彼此絕對不要談到自己的真實生活，我覺得這樣很好，大家都喋喋不休，講太多只有關係到個人的生活小困擾。莎樂美有嚴重的健康問題，但她從頭到尾只提到過一次，解釋說因為她不能行走，護士一天來兩次替她換尿片和洗澡。她提到這個，也是為了讓我諒解她無法送我到門口。我從沒認識過這種狀況的人。我外婆甚至一直到過世都能行走，人駝成一半還能走到門外餵雞。

「我今天下午等您，您會來吧？」

我毫不猶豫：

「下午見，五點鐘。」

「啊，碧娜，您是個天使。」

她這句話是用英文說的，而我手機上也立刻收到圖案，一個可愛的小人兒，頭上飛舞著一圈小鳥圍成的光環。

我搭公車直達她家附近，位在城市南邊靠近法國中學。陽光普照，我之前還沒發現她住的這一區那麼漂亮，一棟棟豪華的小建築座落在花園之間，也有些是現代感的別墅。我經過一扇扇鐵欄杆門時，門內的狗兒狠地吠叫。這一區行人不多，不像新村山丘上幾乎每個人都在走，有的拉著裝滿蔬菜的小車，有的推著堆滿舊紙箱的推車。莎樂美住的這一區——我之前只來過一次——，連私家車都像靜止不動般，總乖乖停放在路邊劃的停車格裡。在莎樂美家的建築物門口，我看見好像是護士的灰色Kia停在牆邊。這和所有不會改變的事物一樣，有令人放心的一面，卻也有令人不安的地方，我差一點就調頭離開。我回憶莎樂美的聲音，當她說「接下來呢，接著講吧，麻煩您！」的低沉嗓音，給了我按門鈴的勇氣。護士應了門，我脫掉球鞋，穿上她遞給我的室內拖鞋。她一句話都沒說，更不會說：「莎樂美小姐在等您」——這是莎樂美交代的，絕對不多說沒有意義的空話。保持沉默。

室內流洩著傍晚的陽光，我很高興選擇這個時間來，而不是進入一個晦暗陰冷的房間，飄著疾病的氣息。相反的，室內充滿護士幫我們沏的茉莉香片的茶香，放在莎樂美身旁玩牌的小桌上，茶還冒著煙。這其中有點儀式的味道，儘管我只是第二次來，而我喜歡一切帶有儀式性的東西。這讓我興起說故事的慾望，就像手會因迫不及待而顫抖的感覺一樣。這聽來雖然有點自負，但當我到達莎樂美的家門前時，覺得讓莎樂美對生命產生熱情，是我的使命。我喜歡這樣，因為我踏進她家門的時候，還一丁點都不知道要講什麼，繼續曹先生的故事、講Kitty小姐的故事，或是編一個謀殺者的故事。我決定現在來敘述Kitty的故事。

講給莎樂美聽的第二個故事，二〇一六年五月

Kitty在一個早上踏進美髮院，時間還早，林太太（Lim）正在整理店面，美容椅、乾淨毛巾、剪髮器具、泡綠茶的大水壺。林太太的美髮院不大，但一切整理有序，接待想來剪髮、染髮、燙髮的女士。店裡的客人也並非形形色色，大多是有點年紀的女士，林太太知道他們的姓名、甚至她們的小秘密，一如大多美髮師、美甲師會知道的那些小道消息。因此，Kitty小姐蒞臨美髮院有點古怪，出人意料。在那個時候，還沒有人認識她，沒人知道她的名字。那是後來，一兩個月後，才出現Kitty這個名字，或許取自日本那個Hello Kitty玩偶，也或許林太太聽到誰說到這個名字。Kitty小姐在美髮院興起一陣旋風。林太太雇用的兩位理髮小姐——照恩（Jo-eun）和藝里（Yeri）——

前前後後地討論、爬梳，提出許多沒頭沒腦、完全不合邏輯卻充滿感情的臆測：

「看她這麼瘦削，應該是從北韓來的，北韓鄉下。不，不可能來自那麼遠，我覺得她是城裡人，妳看看，她一點都不膽怯，就這麼筆直走進來，好像對這區熟門熟路。城裡人！妳這個寧越郡（Yeongwol）鄉下來的，哪分得出鄉下人、城裡人？總之，她什麼都不缺，妳們看到她那一身華服沒？漂亮的灰色，沒一絲斑點汙跡，絕不是在鄉下泥巴裡滾的。況且她熟識這一區，可能住在旁邊那棟大樓*Good Luck*！裡，或是那家賣冷麵的餐廳，要不然就是玩牌的那個賭場。賭場！妳真是胡說八道，她怎會和那些醉鬼混在一起！我啊，雖然不敢肯定，但曾在基督教堂旁看過她，牧師應該會照顧她，應該是這樣吧，她看起來受到妥善照顧！妳們才胡說八道呢，乾脆說曹溪寺（Jogyesa）或是南山（Namsan）好了！不過她來這裡做什麼呢？我們美髮店不是高級仕女來的地方，來的都是社區裡的大嬸，不是嗎？吱吱喳喳，林太太結語說，妳們實在愛嚼舌根。好了，幹活吧，有毛巾要洗，剪刀和磨刀器要清，我付錢請妳們，不是要妳們編造我們的訪客、我們的『旅行者』的人生際遇。」

因此，她不叫Kitty，或Kelly這類的名字。她叫做「旅行者」。這是個適合她的名字。

「**您認識我嗎？**」，「**您知道我的名字、我住在哪裡嗎？**」，「**若有人看到這張紙條，請在紙條上寫下回答**」，「**麻煩打這支電話102……**」（我不透露紙條上的電話號碼，怕有人會打這支電話騷擾、甚至謾罵）。「旅行者」的脖子上，小袋子裡裝的就是這類的紙條——草編的一個很小的袋子，比較像個小零錢包。這個點子是林太太想出來的。她倒不是真的想知道這個「旅行者」的身世遭遇，而是「旅行者」周身的神祕，激起了她的好奇心，挑動她想像出來的晦暗、受詛咒的陰暗面。在她眼裡，偶然是不存在的，發生也絕對不是偶然。一切都事出有因、有其代表的意義，並會導致出某個結果。一個「旅行者」不可能憑空突然跑到這一區，走進*Good Luck*！大樓下的她的店裡，這必定代表發生了什麼事，就像電波混亂會造成無法預料且令人擔憂的後果。「總之，她必定是從哪裡冒出來的」，她對手下兩個店員說：「或者是有人派她來的呢？」一位五十多歲定期來燙頭髮的胖大嬸，開玩笑說：「那您應該問她本人啊」，林太太懶得理睬她，因為胖太太雖然是附近基督教堂牧師的太太，每次洗頭髮都要講價，還要求要幫她按摩她那肥厚的脖子，就好像欠了她似的。「我本來就想這麼做，」林太太回嘴，就是那一天，她想到把紙條放到草編小袋子裡的主意。

好幾個星期之間，「旅行者」脖子上的小袋子都沒有下文，裡面的紙條沒有回音。然後，突然一天，林太太都已經有點遺忘的時候，Kitty小姐回來了。她走進美髮院，一點都不害怕，就像她認識這裡所有的人，很自然地坐上一張黑色美容椅，等著人來招呼。林太太激動與奮，不讓任何人靠近「旅行者」。她準備了一份點心，加了魚的飯糰，把盤子放在Kitty小姐面前。「這麼跑來跑去，您一定餓了吧，先吃點東西，之後我們再談談。」談談這兩個字有點誇張，林太太並不覺得能和她談什麼東西。她先讓「旅行者」吃飯糰，一邊幫客人捲燙髮捲子，這個客人是個耳有點背的老太太，硬是想把頭髮染成藍色。林太太手下的員工們也繼續工作，但每個人都偷眼瞧瞧Kitty小姐的舉止。Kitty小姐慢慢吃著盤裡的飯糰，不急不徐。「她不餓」，林太太想。這證明她不是尋常的遊蕩者，她有個家、有她的習慣、有人照顧。這讓她放下心來，卻同時加深了她的好奇心。怎麼會這樣，既然不欠缺什麼、有家可住、身邊有人相陪，為什麼會隻身跑到美髮院來，坐在椅子上等待呢？這甚至讓她渾身起雞皮疙瘩，想像「旅行者」並非像外表看上去的樣子，而是一個真正的人，從陰間而來，一個她其實在真實生活中認識的人的化身，經過多年的遺忘，現在又出現、找回存在。她急著把藍色染料準備好，放下頭上罩著塑膠頭帽等待的客人，跑到另一端的椅子上和「旅行者」說話。「旅行者」並不急躁，吃完飯糰，懶懶打個呵欠，像在椅子上半昏睡過去，頭倚著椅背上的椅墊，半閉的眼睛稍露出黃色瞳孔的眼光。林太太著急地沒來得及把手擦乾，就把手伸向Kitty小姐的脖子，她立刻往後，不喜歡染髮劑的酸蝕味。

「啊，對不起，小姐，」林太太說：「我知道這氣味不好聞，我先洗一下手。」

她去理髮椅前的洗手檯仔細清洗了雙手，然後，不知該採取什麼姿勢，乾脆蹲在椅子前，把臉放在和Kitty小姐的臉同高度的位置。「來看看您帶回來什麼消息。」她小心翼翼解下「旅行者」頸間的草編小袋子，打開來。當她看到袋子裡有一張折成四層的小紙條，心怦怦跳——這不是她幾天前放的紙條。紙張很薄，帶點淡紫色，上面是鋼筆寫的幾個字，筆法像小孩子。

我住在大樓五樓，
我沒有名字，沒有家人，
我是誰呢？

此時，髮廊裡其他雇員也都跑過來，圍著林太太，趴在她的肩膀想看看紙條內容，但是林太太不肯，她站直身子，小心摺好紙條，放進圍裙口袋。

「紙條上寫了什麼啊？」最年輕的燕兒（Youn）問。「對啊，有回音了嗎？」其他人說，甚至染藍頭髮的老太太也戴著頭罩湊上來：「到底什麼事啊？」雇員之一試著跟她解釋：「沒事啦，大嬸。只是收到回音而已啦。」老太太嘟囔：「沒事，沒事，那快點來染我的頭髮啊。」引起眾人好奇心的Kitty小姐似乎一點都不在意，伸伸懶腰，小小纖細的頭倚在理髮椅的扶手上，望著另外一個方向。

她在扶手椅上待了一整個早上，直到下午過半。美髮店關門的時候，林太太決定再寫一個紙條。手下的職員掃好地、整理好美髮器材後，都已回家。店門外夜色已降，萬家燈火亮起，傳來下班後返回大樓住戶的車子聲音。賣橘子的小販把三輪推車攤子架在大馬路一角，叫賣聲從沙沙的擴音器傳出來。

林太太寫好紙條。她思考了一下，覺得該是寫下名字的時候了：

我叫Kitty
我在*Good Luck*！大樓下的美髮店裡
如果您認識我，請告訴我
謝謝

她小心把紙條放進草編小袋子裡，扣上袋子的鈕扣，等待著。「旅行者」似乎就在等她，一扣好袋子，她就下了扶手椅，朝著門外走，在人行道上踱了幾步，好像猶豫朝哪個方向，然後一下子就失去蹤影。林太太急忙走出門觀望，但她已消失在大樓前的花叢後面。林太太覺得心頭一緊，好像再也看不見她了，好像這是Kitty最後一次來美髮院。那天晚上，她回到家看到先生和女兒，並沒有和他們倆談起這件事。這就像是一個秘密，她覺得一旦說出來，就會失去它，有點像一個脆弱的浮夢，一旦敘述起來就會消失無蹤。

白日將盡，只剩下最裡頭那面牆上還照得到陽光，牆上有莎樂美掛著的一塊黃色木板，上面貼著她家人的照片。我不敢在木板前多作停留，只瞄到一禎照片上有一位穿套裝的女士，身材高大、神情嚴肅，背景是攝影室裡的瀑布和古蹟的假風景。我甚至想到，有一天可以編一個關於這女士的故事，一個像Kitty一樣的旅行者，很久之前住在澳洲，在一場船難中喪生，我覺得死於船難很浪漫——雖然仔細想想，淹死其實很恐怖。但現在我想Kitty的故事都已經來不及。

莎樂美想多喝點茉莉香片，護士沒回應（可能剛好在換班），我就把水壺放到窗邊小書桌上的爐子加熱，把茶倒進杯子裡。茶杯很普通，跟我們在大學餐廳偷的那種茶杯差不多，厚陶粗製的，沒有圖案，但我相信這茶杯對莎樂美來說有很重要意義。

她說：「再說說Kitty吧！」接著說：「然後您會繼續說曹先生鴿子的故事，對不對？」

她小口小口啜著茶，左手顫抖著，右手一直放在膝蓋上，好像已經報廢了似的。莎樂美看到我的眼光，只簡單地說：「您可知道，這是我最無法接受的地方。」她想就此插科打諢，但想不出任何可說的，只能稍稍扮個鬼臉：「每天減少一點，每天失去一些，慢慢消失。」

我什麼也沒說，我相信像莎樂美這樣的人並不需要言語的慰藉，也不需要同情。只需要故事，讓她能神遊四方。

因此，每天早上，林太太引頸期待Kitty小姐到來。有些日子她並不出現，那麼那幾日就變得漫長，只有理髮小姐的閒磕牙，和客人的訴苦：「啊，妳們都不知道，我兒子脾氣壞透了，有幾次我怕他差點就要動手打我了。」或是：「我老公就快退休了，他想到處旅行，去馬尼拉、杜拜、孟買等，大家都說我好命，不過其實我一點都不想，我倒寧願待在家裡澆澆我的花壇。」林太太一點都不在乎她們的旅行、她們的兒子或老公等等。她自己的生活就夠她操心了。她想到Kitty小姐，想著她的小袋子裡會帶回來什麼回音。當Kitty帶著回音到達，她一刻都等不及地放下燙髮捲、紅色染髮劑、保養按摩頭皮的機器，她會拉下鐵門，朝向Kitty走去。

「妳給我帶來了什麼消息？來看看，來看看。」

Kitty小姐伸長脖子，林太太輕輕解開小袋的繫帶，袋子裡有一張白色小紙條，上面寫著：

「旅行者」也是我的朋友。

林太太潦草寫下回音：

那請前來相會，我在大樓底下的美髮院。

草編小袋子一扣好，Kitty小姐就走了，三步併作兩步走到街上，消失在花壇之間。她甚至沒要求她應得的一盤魚和一碗水。

次日，她回來了，這次帶來的是另一個消息，另一個筆跡寫的。

我也是她的朋友，但我不住在大樓裡，只是來這裡打工，幫一對老夫妻燙衣服。

林太太：

有人知道她住哪裡嗎？

回音：

我不知道，我猜她住在一樓，坐電梯上來我家的。

兩天之後，又來了一張紙條：

誰知道她要什麼？誰知道她幹嘛這樣遊走？

這個挖苦嘲笑的回音，林太太立刻想是住在一樓那個愛抱怨的髒老頭寫的，想必是某棟大樓的門房：

她也想知道她自己是誰，不是嗎？所以別干擾她！

這個疑問雖然來自那個半瘋的醉鬼老傢伙，卻也迴盪在林太太腦中，簡直揮之不去。**她也想知道她自己是誰**。當她關店回家時，不再坐在電視機前看最喜歡的電視劇，而是關在廚房裡東想西想。她老公擔心起來：

「發生什麼事了？是錢的問題嗎？」

林太太的老公姜先生是沒多大想像力的人，在他眼裡，天下的煩惱都只是出於錢，或是健康問題。林太太沒說到錢的問題，他就想當然是更嚴重的原因：

「親愛的，怎不過來坐呢？《野玫瑰》連續劇要開始了。」

林太太聳聳肩：

「算了，我得思考一下。」

「思考？」

姜先生不確定自己有沒有聽錯。

「妳哪裡不舒服嗎？去醫院看了醫生嗎？」

三、四年前，林太太右乳長了一個腫瘤，化驗結果只是一個脂肪瘤，但在那幾個星期內，夫妻倆都恐懼、擔憂。姜先生比太太年長幾歲，為了化解太

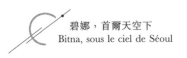

太煩憂，試著開開玩笑，但沒多大效果：

「首爾的寡婦那麼多，如果妳比我先走，我就不能和大家一樣了。」他大聲說道。

林太太輕輕笑了一下。

「不是，不是，親愛的，放心，我好得很。只不過這個Kitty……」

她曾幾次提到Kitty，但姜先生對這件事不怎麼感興趣。

「怎麼啦，這個Kitty？」

林太太遲疑該不該說。就這件事，她的老公不是她最好的商量對象。

「我在想，她會來美髮院找我們，並不是沒有原因。」

「不是沒有原因？這是什麼意思？」

「我是說……」林太太起了頭，卻不知該怎麼說。

「這是一個感覺，當她看我的時候，不知為什麼，讓我一身冷顫，好像她試著要告訴我什麼事。」

姜先生不信這個：

「真是奇怪的想法，她能跟妳說什麼？」

他又加上一句，代表他根本沒懂：

「如果Kitty讓妳不舒服，把她趕出店外不就結了。」

他回去坐下，既然老婆不看連續劇，他就轉台，螢幕上一名槁木死灰的記者重複循環播報著當日政治新聞。

夜裡，林太太醒來，感覺領悟到謎團的一部分，但認真想想，這感覺又變得不真實。

Kitty小姐的到來不是偶然。是有人派她來的。她捎帶著訊息而來，但這些訊息並沒有多大含意，只是在社區裡往來，開始在這些彼此不認識的人之間交織出關係。

現在梁有美太太的故事要上場了，她是住在B棟六樓的房客。

林太太認識她，她來過美髮院一次，不是來燙頭髮，而是來找工作。她老公離家出走，音訊全無，唯一的兒子出了車禍成了殘疾，無法工作賺錢，生活也成問題。林太太很同情梁太太，但無法雇用她，也沒辦法幫她找到工作。她給了她一點錢，梁太太卑微地稱謝收下。自此之後，再也沒有消息，但她可以想見梁太太的情況並沒有好轉。然後呢，有一天下午快四點鐘，Kitty小姐又來到美髮店，帶來梁太太的訊息。是筆記簿撕下的一張紙，潦草的紅字寫著：

真心希望來世還能見到您。

梁有美，B棟六樓。

一看了紙條，林太太立刻關上店門，連熄燈、關燙髮機都來不及。她和店裡職員用跑的到*Good Luck*！大樓B棟，一頭衝進底樓大廳。電梯停在高樓層，她們等了好幾分鐘。正要踏進電梯時，林太太看見Kitty也在旁邊，等在電梯門口，似乎熟門熟路。是梁有美派她來的嗎？上到第六樓，林太太敲門之前遲疑了一下，是左邊、右邊、還是中間的門？是Kitty指示哪扇門，林太太開始砰砰敲。她敲了一陣，停下來靜聽。門內有聲音，好像是呻吟，或是啜泣聲。

「開門！」林太太說：「我們在這裡，請開門！」

一個鄰居半開了門，「要不要叫警察？」他膽怯地說。

林太太不理他，繼續敲門。這是一扇非常普通的木夾板門，手把旁邊有個如龍啊鳳啊這類的印花圖案。

「梁有美太太！梁太太，請開門，我們是來幫助您的。我是美髮店的老闆娘，和我的僱員一起來，我們曾經見過面。請您開門！」

過了一會兒，裡面傳來一陣窸窣聲，林太太聽到門栓的聲音，門緩緩打開，好像門裡的人正拉著多麼沉重的東西。這時候，Kitty側身溜進公寓裡，林太太聽見梁太太的聲音：

「啊，是妳，妳回來了，謝謝，謝謝！」

她明白這句話不是和任何別人，而是專門對「旅行者」說的，對Kitty小姐說的，她感到一絲氣憤，但立刻就忘了。

林太太要兩位美髮師等在門口，她不想讓太多人看到。公寓裡一片陰暗，百葉窗垂下，地上散亂著報紙、紙張，垃圾袋堆擠在小通道上，客廳則像被小偷翻過一樣。沒有一樣東西是在原位，椅子翻倒，花瓶倒扣著，燒酒瓶和髒碗盤放在地上，窗戶邊一團毛毯，顯示這是梁太太睡覺的地方。林太太想打開燈，但電源好像被切斷了，可能是欠繳費被斷電了。當她適應了房間裡的黑暗，看見梁太太坐在地上，背靠著牆，雙手放在腿上，低著頭像是在看地上什麼東西。若不是她剛才來開門的話，林太太會以為她死在公寓裡了。就在這時，林太太背上一陣恐懼的冷顫，好像自己踏入了超自然的恐怖領域。

林太太坐在她身邊，對她說：

「梁有美太太！梁有美太太！還好嗎？」

很顯然，一點都不好。公寓裡充滿酒精的味道，陰暗中似乎隱藏著令人不安的死亡氣息。美髮院的雇員還是進來了，此時，林太太看見Kitty小姐走出公寓，一道黃色條紋從側邊一閃而逝。

「拉開百葉窗！」林太太下令。

光線流瀉到小小的房間裡，照出一片狼藉，梁太太低下頭，臉藏在頭髮裡，好像陽光刺傷她的眼睛。她蒼白的雙手糾結在灰白頭髮之中。

整個晚上她們都待在梁太太身邊，這群女人圍繞著她，拿喝的給她。年紀最大的雇員開始收拾小公寓內部，整理出一疊該丟的、該遺忘的東西。梁太太任由她們忙著，她躺在地上，嘴巴大張，好像潛水許久後終於呼吸到空氣。她什麼話都沒說，只咕噥一些聽不懂的字句，很顯然，她想尋死，打開瓦斯、喝漂白水——門旁邊有一大罐半滿的漂白水，瓶蓋已旋開。又或者她想跳樓，通向小陽台的門半開著。整個晚上，甚至到夜裡，這些女人都一起待在那裡。姜先生不但打過電話來，甚至自己跑過來看看，露出難得的感動神情。他帶了一小盆花給梁太太，是含苞待放的黃水仙，梁太太看著這盆花，像看見世界上最美妙的東西。

之後，日子照舊過下去，人生依舊繼續，但是林太太經常去探望梁太太，還幫她找到在裁縫店的一個小活計，工作地點離*Good Luck*！大樓不遠。這就好像社區的女人們訂下了一個盟約，絕不再彼此不互通聲息。就算沒有任何外在威脅，也要團結一致。互相溝通、傳手機信息，甚至興致來了，也串串門子。唯一讓林太太覺得悲傷的，而這也是社區裡大家的感受，就是自從梁太太決定自殺那天之後，Kitty小姐就失去蹤影。她再也沒回美髮院或捎來訊息。姜先生的解釋是：經過這一切，她找到另一個棲身處，一個沒那麼驚滔駭浪、沒那麼多悲劇的地方。貓喜歡平靜，這是眾所皆知的。但是林太太找到另一個原因，說起來的確有點瘋狂，不過卻能解答許多疑團：Kitty小姐，「旅行者」，並不是一隻尋常的貓。她是個女神、一個鬼魂，或是屬於這類的東西。林太太若是基督教徒的話，可能會說她是個天使，或是魔鬼（如果她的毛不是金色而是黑色的話）。但林太太比較傾向佛教，所以對她來說，Kitty小姐是個不折不扣的「行者」，經歷好幾次輪迴，穿越好幾個世界，只為了贖罪，可能是因為年輕時留下年幼的妹妹絕望而死的罪孽，林太太記得聽過這個故事。這不是發生在*Good Luck*！大樓，也不在B棟，而是在電視還是報紙上看到過：一個年輕女子，一個歌星，在滿地燒酒空瓶的髒亂公寓裡上吊死了。或許這也只是個故事，一個在各個社區裡口耳相傳的傳說而已，這個城市啊，每分鐘都發生一大堆事，有的是怪事，有的是美事，也有的是恐怖的事，您想要的都有。

我好一陣子沒去看莎樂美。並不是我忘記她，而是大學課業很重，每周三個晚上舉辦的研討會，籌畫起來也很花時間。我一直都沒碰那個裝著一些五萬韓幣紙鈔的信封，或許因為我覺得既然開始講故事，故事就必須繼續，也或許是因為紙幣上面印的那位神情有點悲傷的女士，讓我想到莎樂美。就好像那些鈔票對我說：「別忘記我！來看我吧！」又或者，以她低沉的聲音說：「別對我這麼殘忍！」籌畫研討會所賺的錢足夠支付我的房租，其他的花費我也應付得來，基本上我以泡麵和泡菜維生。我還記得祖母說過，早餐、中餐、晚餐光靠吃泡菜就可以存活！據她說，戰後那些年頭，大家就是這麼吃，那是李承晚（Syngaman Rhee）政府執政時，以全羅道居民被共產黨滲透為藉口而施加的飢荒政策！

而且，我的生活有些新的改變。一次和朋友出去玩時，我又遇到朴先生，就是鐘路區書店的那個年輕人，我們開始初步交往。我知道了他真正的姓氏，根本不姓朴，是姓高，因為他是濟州島來的[3]。但是我還是繼續用我編造的姓稱呼他，以免記憶還要重新洗牌。他給自己取了一個洋名，費德瑞克（Frederick），以紀念費德瑞克・蕭邦（Fréderic Chopin），因為他非常喜歡鋼琴音樂。

很自然地，他跟我談到莎樂美。據他所說，他對她認識不深，是去她家送她訂購的書才遇到，訂的大多是英文書、法文書，以及關於醫學和心理學的科學性書籍。和她談話之間，朴先生覺得我是可以和她作伴的人，並不是陪她聊天讓她解悶，而是能和她一起分享想像的世界。朴先生說，當人生病時，世界就變成全然的想像——我認為他說的沒錯。不由自主地，他的臉龐縈繞著我的白天和黑夜。我喜歡他的全部，尤其是他漆黑晶亮的杏仁眼，分明的睫毛，和他的眉毛——我記得媽媽說過，好看的男生身上最好看的就是眉形，要像一筆黑炭畫成的弧線。我喜歡他的膚色，幾乎偏紅的棕色，還有他剪得短短的頭髮，喜歡他長而有力的手掌，剪成四方形的手指甲——他承認沒耐心把手指甲剪成弧形，只是拿剪刀剪三下，卡、卡、卡！

我們習慣一個星期見好幾次面，每個周末、還有他下午從鐘路區書店下班之後。我們每次先選好散步的目的地：漢江邊、市中心的幾個公園，天氣好的話，就到城市南邊的動物園。我向來喜歡逛動物園，並非為了看那些籠子裡的動物——其實，我記得很清楚，小時候我嚴肅地發誓，有一天要把所有動物園的籠子都打開，讓那些無辜被囚禁的動物獲得自由！去動物園主要是為了它的公園，兩旁有種著棕欖和山茶的蜿蜒小徑，也為了遇見裡面散步的人，邊叫邊跑的孩童、緊跟在後面試著趕上，以便拿點心給他們吃的老人家，還有不可諱言地，一對對坐在人潮較少的角落樹蔭下的愛侶。

3 譯註：這來自濟州島的一個神話，濟州島原是無人島，後來三個仙人降臨此地，且這三個仙人都有不同的姓氏與名字，分別叫做「高乙那」（고을나）、「梁乙那」（양을나）和「夫乙那」（부을나），相傳他們分別娶了東海碧浪國（벽랑국）的三個公主，之後定居在濟州島繁衍後代子孫，後來，高、梁、夫三個姓氏也就成為島上居民祖先的由來，以及島上最多人使用的姓氏。

現在我也是了，和一個男伴一起去動物園。我們乖乖地併著肩走，在大道上走來走去，倒也沒談什麼，只是像初識的一般男女朋友隨口聊聊，想多了解對方而已。

「費德瑞克，」我說（我開始用他的洋名叫他）：「戀人總偏愛水畔河邊，這是真的嗎？」

「妳怎麼知道這個？」

「我不知道，我從沒談過戀愛。」

想了一下，我接著說：

「我覺得這句俗語說得沒錯，因為水是個浪漫的元素。所有的愛情故事裡都免不了有水、有海、有河，或者單單一潭湖、一塘水也行。」

「那游泳池也可以，」費德瑞克開玩笑說。

我呢，我不敢開口跟他說，內心突然很希望他帶我去海邊，因為首爾這個大城市如此乾燥，只有大樓和馬路，轎車和公車。

只是我們還是去了動物區，徑直走到綠猴的籠子前，因為綠猴儘管被關著，似乎照樣玩耍、打鬧、喊叫、做愛、像人類一樣互搶食物。他們在城市裡也一樣活得很好！

我朝著園區中心走，很想牽費德瑞克的手，但我不敢。猴子和禽鳥的叫聲在樹木上方迴繞，這令我感覺走在一場夢中，遠離真實生活的煩惱，遠離姑媽和她那恐怖女兒的惡劣行徑。

我們用費德瑞克的手機照相，照的是如同所有人拍的愚蠢照片，兩人貼著臉頰自拍，我手比著V、心的手勢，為什麼這麼做呢，我也不知道。拍完之後，他又在照片上加了小圖案，心啊雲朵啊，然後在裡面寫著——還會是什麼字呢，當然是Sarang（愛）啊。其中一張照片，他寫了我這一輩子還沒收過的美麗禮物：

Bitna，我的星星！

我記得媽媽跟我說過，我的名字是爺爺選的，因為他希望我不管內在外在，都能在生命裡閃耀[4]。

我們待在動物園裡直到關門，就只是行走在大道上的人群之中，聽著孩童的叫聲、猴子的叫聲、鸚鵡的叫聲。很長一段時間以來，我第一次覺得自由自在。我做了一堆還以為自己做不到的蠢事，例如在旋轉桿上盪來盪去，繞著水池奔跑，扯著喉嚨大唱朴志妍（Gumi）、艾德・希蘭（Ed Sheeran）、或不管誰的歌曲。喜歡優美的鋼琴樂、交響樂、舒伯特的藝術歌曲的費德瑞克好像有點尷尬，而偏就是這一點讓我覺得好玩。費德瑞克向來有點拘謹，就算穿著牛仔褲和夾克，也像三件式西裝。但這一點我也喜歡，我才不希望他變得像那些「王子」一樣，抹粉噴香，花大把時間擦個油頭粉面。朴先生讓我很安心，他看起來很有自信，知道自己生命裡要什麼。就這一點，他和我完全相反，因為我從來不知道明天會是什麼樣子。

讓我開始擔心的，我想是因為錢。剛開始，不管到哪裡，費德瑞克都請我，餐廳、咖啡廳、計程車都是他付帳。有一次他問我一個問題，讓我覺得難堪。他說：

「碧娜，妳的學業如何呢？」

我說：

「我喜歡法文課。」

他微微一笑。

「不是，我是問學費情況。」

「還好，我沒什麼錢的問題。」

我扯謊說：

「我家不太富有，但還是資助了我的學費，其他的花費就靠打工。」

我不想讓他知道我只吃泡菜度日，更不想讓他看到我住的社區。我含糊其辭：

「我住在大學宿舍的小房間，不豪華但很舒服。」

4 譯註：Bitna韓文是「閃耀」的意思。

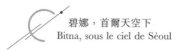

「沒有其他室友？」

「啊，沒有，我一點都不喜歡和別人同住，大學女生都髒亂又愛打呼！」

從那個時期開始，我開始對朴先生瞎編我的人生，藉以交換他這個人的消息。他的生活井然有序，住在位於高級住宅區的父母家，一邊在鐘路區書店打工，一邊準備法學院的考試。他即將買輛車了，是他父母親給他拿到法學院文憑的禮物。

所以，我也必須成為他想像中的我那個形象，中產家庭女兒，父親是公務員，母親是私立中學老師，和全羅道、漁夫毫不相干。不過，我還是跟他提到我從北韓逃來的祖母，戰爭中失去丈夫，逃到了釜山（Pusan）。

這些不是謊言。對我來說，是延續了我對莎樂美所敘述的故事，為了讓她眼皮逐漸睡意沉重，或為了讓她心跳加速所說的故事。

我們之間的關係有點怪異，從不提到真實的日常生活。老實說，我對他一無所知。每次道再見的時候，他就招下一輛計程車，先讓我到自己佯稱住的大學宿舍門口下車，然後繼續上路回家。他從不在我面前告訴計程車司機接下來要去的地址。我有次跟他說——有點是在逗他，也有點基於好奇，女生總是有點過度好奇又八卦嘛：

「帶我去你家吧，我想看看你住在哪一區。」

他面有難色。

「這不太好吧，我住得遠，而且很可能被人看見我和你在一起。」

他的回答讓我心口一緊。他一定察覺到了，趕緊解釋：

「是因為我父母親，他們在社區認識很多人，妳也知道一有端倪就會傳個沒完沒了。」

我不太喜歡這個解釋，我會比較希望他邀請我去拜望他那了不起的父母——反正我也一定會拒絕。但是我打斷他的話：

「好了，好了，你不必解釋，我知道了。」

至於我呢，我從來沒跟他說過我家裡的狀況。我只有一次稍微提到全羅道，完全不提姑媽和她女兒白華。光想到他們會見到面，就讓我覺得荒謬、恐怖，和她們住在一起的公寓簡直就像蛇蠍窟。

朴先生和我還是繼續交往，一起在城市裡到處遊走。他喜歡古蹟，我們造訪了許多山上寺廟，參觀了許多博物館。我雖然對建築一向沒多大興趣，還是耐心地聽著他對傳統屋瓦挑樑、疊蓋的解釋。每次散步到最後，都會走到弘大（Hongdae）或新村附近的咖啡館，找那些有露天座的咖啡館，因為費德瑞克可以抽菸。我跟他在一起後又重拾抽菸的習慣，我們買薄荷菸，那種大拇指和食指一掐，可以讓薄荷香精散發出來的那種爆珠菸。

我們喝很濃的黑咖啡。對我來說，咖啡和香菸是這個男孩的象徵，不只是因為他眼珠和皮膚的顏色，也因為他身上有吸引我的某種黑暗、苦澀。我們坐在咖啡露天座上，一點都不在意這區大學生在附近來來去去，我們只是抽著菸、啜著咖啡，幾乎不交談。其實我比較喜歡更隱密的空間，但他拒絕，想必是怕被看到。同樣的，儘管我們變得親密，開始在公園密處或是江邊的長椅上彼此挑逗，費德瑞克仍拒絕和我手牽手。我們絕對不能情感外露，他認為情侶就應該這樣。

「別人沒必要知道」，他說。

同樣的，約會時間也是取決於他。

「明天不行，後天也不行，我沒空，」他說。

「如果我除了明後兩天，之外的時間都不行呢？」

他面無表情地看著我。

「那我們就分了。」

每次都是我退讓，抽出時間，因此缺席了好幾次研討會，也很可能會失掉這份酬勞。

他從不解釋為什麼沒空。他要打工——的確，他的工作和我的性質不同，我做的不是團隊工作。我不必算帳，也不必清點書籍。有一次他跟我解釋：

「我做這份工作是為了累積經驗。我的目標是財經領域，要進大公司，三星集團、LG集團，或是現代集團（Hyundai）。我可不想一輩子跟書混在一起。」

他這麼說令我有點受傷，因為對我來說，沒有什麼比一輩子跟書混在一起更好的了。

好幾個星期沒和莎樂美見面了。她發簡訊到我手機，剛開始輕描淡寫：「**我需要曹韓秀先生和他的鴿子，或是任何其他的故事，快點！**」之後的訊息愈來愈絕望：「**別忘記您的金世莉，她會因此而死！**」以及「**給我說個故事吧，讓我能長眠的故事！**」

和費德瑞克約會花費不貲，我需要錢，房東已經催我欠繳的三個月房租。儘管我那些崇高的原則，我還是把信封裡那些印著悲傷女士的鈔票，全都花在餐廳和約會上了。我感覺自己很焦躁，根本不去管五萬韓幣上的女士的命運，或是任何誰的命運。這個大城市裡的生活，如同我和英文課上一個女同學一起去參觀的大孤兒院，裡面有幾十個嬰兒等著被沒子嗣的有錢人家購買，像在市場上一樣——那些人非常注意避免領養到唐氏症或是吸毒者的嬰兒。

我回應莎樂美的召喚，選了一天費德瑞克沒空約會的日子，到城市南邊她的家去。

講給莎樂美聽的第三個故事，二〇一六年七月

諾大的育嬰室裡，排成一列的嬰兒床，裡面睡著一個個小嬰兒。此刻還是睡眠時間，四下無動靜。因室內呼吸染上一層霧氣的大玻璃窗裡面，護士河娜（Hana）坐在椅子上打盹。外面還是一片夜色，從欄杆窗戶玻璃上的天色還是黝暗藍色的，就能看得出來。但育嬰室裡燈光大亮，十來支霓虹燈管照射出一片蒼冷的白光，其中有幾支快壞的燈泡一閃一滅。

娜奧美（Naomi）在二〇〇八年七月一個早上來到這裡。河娜在抵達「Bon Pasteur育幼院」（這間慈善育幼院的英文名稱）時發現了她。河娜早上六點上班，她在弘大地鐵站下車，循小路朝丘陵高處走。早上六點，路上還空蕩無人，到處散落著生活糜爛、露宿街頭的人留下的紙箱和空瓶。河娜對這些早

已見怪不怪，不再像剛開始來這裡工作時那樣抱怨連連：該死的大學生，活得像狗一樣，無法無天！走到育幼院門口，眼前第一個看見的，就是地上一團破布，正想用腳踢到路邊排水溝，那團破布居然開始動起來，她聽見微弱的叫聲，很像出生小貓的叫聲。她小心翼翼地彎腰查看，手指掀開破布一角，深怕有動物會冒出來抓她咬她，此時她看見了：一個瘦小的初生兒，粉紅色皮膚，閉著眼睛，一撮深黑的頭髮。是娜奧美。

當然她那時還不叫娜奧美。娜奧美是河娜替她取的名字，河娜從未結婚，當然也未曾生育，她一直以來就想著，要是自己生個孩子，那一定是個女孩，就替她取名娜奧美。

娜奧美到育幼院一個月了。現在她張開了眼睛，睡在嬰兒床上，和其他二十六個嬰孩一起在育嬰室裡。育幼院裡的護士都說她是最美的嬰兒，河娜非常同意她們所言。其他的嬰兒年齡不一，有的在這裡已經六個月了，也有的比娜奧美還晚才來到育幼院，男孩女孩都有。有的年紀雖小但已能看出天生有缺陷。他們都是棄嬰，被拋棄的原因不一，但大多數是因為母親還太年輕，自己都還算孩子，不能照顧嬰兒，尤其不能面對未婚生子的恥辱。育幼院每天都有想領養孩子的夫妻前來造訪，他們無權選孩子，也不能靠近，只能站在育嬰室大玻璃窗外，看著嬰兒床，聽著嬰兒哭聲。他們可能希望光看著嬰兒小床、聽著嬰兒的哭聲，便能感知到領養的孩子將會是什麼樣。河娜把娜奧美放在育嬰室中央，離大玻璃窗最遠的地方，巴不得那些想領養孩子的家長看不見她、聽不見她的哭聲，不會被她粉紅的皮膚和深黑的美麗頭髮所吸引。

娜奧美的眼睛看到什麼呢？她還不會轉動頭部，頭太重了，靠在床墊、冰涼的床單上。但她的眼睛睜得大大的，盯著上方像雲朵般的光線，有時候光線很強，把一切都隱藏在晃動的光束中，有時候又幾乎暗得快看不見，像一片絲羅布，像一張網紗撒在室內，閃耀著千萬個小水滴。但是只有娜奧美看得見這些。她也感知到其他嬰兒的存在。身旁有很多嬰兒，但「數量」對她來說還是個未知的名詞。她只聽到叫聲、哭聲、還有呼吸聲，聞到汗水、尿水，以及喝奶的嬰兒有點嗆人的氣味，這些氣味交織在天花板、牆壁，甚至在她看不見的地板上，另外還有一個東西，像一陣氣流，像一聲叫喊，像一種顏色，卻又都不是，這東西來來回回，穿過娜奧美的空間，拂過娜奧美的身體、她緊閉的臉頰、她的肚子、她的手掌和腳內。或許是一陣波濤。娜奧美感受到在旁邊的那些軀體，就算他們停止喊叫哭泣，就算他們累得睡著了、被人遺忘了，娜奧美知道他們在那兒。她體內的一股悸動告訴她，她是個女孩，一個女人生下的一個女孩，從今天起投身到世界上，將在接下來的生命裡與世界一刻不離，度過所有必須活過的歲月，是的，直到生命最終，直到最後一刻。

娜奧美，小娜奧美，聽聽我的聲音吧，對我微笑吧，我在這裡，喔我的寶貝。

那時河娜傾身於小床上，她凝視著嬰孩又大又黑的雙眼，眼白還呈藍色，像出生之前的世界那樣深黝的深藍。

妳從哪裡來的，小娜奧美？妳還記得嗎？有一天妳會想起來嗎？是誰把妳生下，又把妳拋棄在育幼院門口，包在一團乾淨的破布中，但這些破布既不是洋裝也不成一張床，是誰在那個春季將至的冷冽清晨，把妳放在那裡，讓櫻花的花粉飄到妳唇上，混著公園裡野草辛辣的氣息？妳看見白色的天空裡那群自西伯利亞飛過來、穿越海洋直到日本，仍繼續飛行的鶴了嗎？牠們慢慢飛行，年紀最大的領頭，排成一個完美的縱隊，那麼妳就會聽到牠們粗沉的叫聲迴盪在整個城市，直達新村和弘益大學附近的小巷子裡，直達那棟把妳隱藏的灰色大樓下。妳還記得這些嗎，小娜奧美？那是妳的生命初始，不能忘記。妳不像其他嬰兒一樣出生在醫院，妳是在城市某一處出生的，或許是公園，或許是房屋平頂上，在紙箱和晾曬的衣服之間。妳和妳分娩的母親同時發出叫喊，之後妳就來到這裡，在育幼院門口，讓我發現了，是我，河娜，我會把妳當作親生孩子的。

但是娜奧美並未聽到。她還在另一個世界裡，出生以前的那個世界，人類以臍帶、以四肢、以性器官包圍的一個世界，如此廣闊未知、靈魂無法探知，因為靈魂其實就只是這一小團肉體，時間與空間還與它相連一陣短暫的時光，幾天或幾個星期，就像從一個微小的口，可以窺見無限的初始。

聽聽我的聲音，這是第一次妳聽見人的聲音，因為那些把妳帶到育幼院門口的人其實靜悄悄、沒說話，他們害怕有一天妳會記得、會認出他們的聲音，朝著他們大喊：可惡的人，你們到底做了什麼？為什麼拋棄我？我發現妳的時候，妳就聽到了我的聲

音，我立刻把妳抱在懷裡，我，河娜，已經年老卻從未生育過孩子，肚子乾扁貧瘠、胸部空空地像皺皺的羊皮袋。我抱妳在懷裡，邊唱邊搖，我哼著一首沒有歌詞的歌，是我出生時媽媽唱給我聽的，我還記得，當我們離開南部來到這個大城市時，我好害怕迷路，就要求她唱這首歌給我聽。

接下來就沒有歌詞了，像這樣：嚕嚕嚕嚕嚕，嚕，嚕嚕嚕嚕嚕，嚕嚕嚕，嚕嚕嚕，嚕……輕輕地哼，嘴巴噘起來，這樣才會像屋頂鴿子的叫聲，我的小白鴿，妳也才會記得我的歌聲，我要讓妳知道，在寒冷的街上，在春風之中，在公園青草的氣息裡，在如雲朵般盛開的白色櫻花之下，在雨滴沙沙的那個早晨，有人在妳身邊。

之後，諾大的育嬰室就接納了小娜奧美。

他們在磁磚地上架起一張新的小床，四周撐起蚊帳，硬床墊上像鼓皮似地緊繃著床單。娜奧美被放在床上，她哭叫，其他嬰兒也跟著開始哭叫，她一下子聽到人類的聲音，這讓她驚恐，卻也是一場冒險旅程的開端。所有這些被父不詳或膽小怕事的父親，和走投無路的未婚媽媽，以及被自私卑鄙的家庭、被傳統體制、被法律、被風俗習慣遺棄的嬰兒，都在她身邊哭叫起來。這些嬰兒就像貪食凶殘的小動物，已經用四肢、所有筋骨，緊緊抓著生命。

莎樂美不喜歡這個故事。她要的是有後續、情節更多，一個可以讓她更興致盎然的故事。也或許，這個故事讓她想到自己，父母親拋棄了她，雙雙服毒自殺，留給她一大筆錢。

「為什麼沒有人知道這些嬰孩的身世呢？他們總是媽媽生下來的吧？為什麼一個媽媽會拋棄孩子呢？他們該怎麼辦呢？」

「您想知道，是嗎？」

突然間，我明白她受我左右，有點像我受費德瑞克的左右。這是一種既愉快又惡毒的感覺，感覺自己屈服於誘惑、邪惡。為了證實我的感覺，我又加上一句：

「您若不喜歡我的故事，我們可以現在就停止。」

莎樂美低下頭。我是她和外在世界唯一的聯繫，也包括一個無關薪水、沒有利害關係的聯繫，和那一堆幫她換尿片、洗澡、餵餐、扶她就寢的看護或護士不同的關係。她低聲說：

「不，麻煩您，留下吧，講您想講的故事。」

所以我繼續敘述娜奧美的故事。

在冰冷的小床上，娜奧美大多時間都安安靜靜。當嬰兒開始哭叫，先是一個，接著另一個，接二連三，然後十個，很快地整個育嬰室裡的嬰兒都嚎哭起來，他們的小臉像拳頭般緊縮著，扯著喉嚨發出刺耳尖叫，皮膚變成暗紅色，護士們趕忙在走道間奔走，手忙腳亂，一個一個巡視，摸摸尿布，檢查床上是否有不小心遺留的一根迴紋針，然後堵住耳朵，不被哭叫聲搞瘋。

護士們不知道，是她號召大家尖叫、哭泣的。當四下寂靜——不能說是夜裡，因為育嬰室沒有黑夜，只有從玻璃窗上覆蓋的板條穿透的光線——，她覺得恐慌，被拋棄的嬰兒的恐慌，就像被淹死的小貓。

所以她發出叫聲，僅僅一聲，但尖銳、凶狠，是求救的呼喊，也是憤怒的吼聲，導致整個育嬰室的甦醒，哭叫綿延，直到看護和護士、甚至助產士們都急忙奔過來。

老河娜，她啊，她知道。她很快就明瞭，出於本能，也或者因為她是第一個聽到這哭聲的人，在那個清晨、育幼院門口撿到她的時候。但她什麼都沒透露。她了解她，那是她的孩子，不屬於任何其他人，她不能接受那些錦衣華服的陌生人前來育幼院，把她帶到他們江南區華美的獨棟別墅，或是漢江畔豪華公寓裡。她開始瞎編說，她是個不正常的孩子，耳聾，或是蒙古症，或是神經官能障礙。當領養的人站在大玻璃窗前注意到她，遠遠看到她頭髮濃密，膚色潤紅，河娜就從中作梗：「你們知道這孩子不太一樣吧，是不？領養單位曾跟你們解釋過吧？」如果他們還堅持：「我們會給她很多愛，因為她比其他孩子需要更多的愛。」她會回答：「這孩子永遠不會說話，不會對你們微笑，其實我們也還不敢確定她看不看得見，她好像視力方面也有問題。」河娜不斷擋開領養人，直到院方決定不再收容娜奧美，她給育幼院帶來太大的困擾，而且也因為她，阻礙許多其他嬰孩被領養的機會。要拿她怎麼辦呢？院方考慮把她轉送到一個專收殘障孩童的國營收容所。河娜準備好她的行動計劃。她先向院方申請盡快離職，回南方老家照顧母親。離職前幾天，她請調上夜班，夜裡一點到六點的班，她也先準備好接下來幾天需要的東西。那一夜，娜奧美決定好好表演一場。她好幾個鐘頭都安安靜靜，所有夜班護士都在電視前的椅子上睡著了。清晨五點半，娜奧美發出驚天動地最尖銳最恐怖的哭叫聲。育嬰室裡開始一片騷動，所有人東奔西跑，睡眼惺忪，試著平息所有嬰孩齊聲大哭的噪音。河娜趁著慌亂，把娜奧美包在毛毯裡，偷偷逃走，她推開育幼院大門，看見一輛黑色計程車等在門口，亮著車燈，她感受到巨大的欣喜。她打開計程車門，坐在後座，把娜奧美緊緊抱在懷裡。「去哪裡？」司機問。河娜只回答：「往前開！」車子啟動，河娜貼著椅背坐好，掀開毛毯一角。剛出現的微弱天光讓她不敢確定自己所看見的，但娜奧美似乎在微笑著。

曹先生和鴿子的故事後續，二〇一六年八月

這幾乎是戰鬥訓練。每天早上，天剛拂曉，曹先生牽出他的三輪送貨車，上面放著兩、三個鳥籠，裡面裝著成對的鴿子。他仔細找好地方，最開始是在漢江邊，訓練鴿子一口氣飛越漢江，不必在江中小島或橋墩上休息。早晨，天剛亮，寬廣的漢江像一道蜿蜒的雲霧，海上霧氣從河口瀰漫上來。靠近仁川（Incheon）那裡，鴿子學著飛越一整片紅色草地，那是漲潮時海水便漸漸淹沒的草地。

曹先生在「黑龍」腳爪上綁上捲好的紙條，紙條上寫著一些只有他自己知道意義的單字，例如：

海洋

島嶼

風

翅膀

歸來

在「鑽石」的右爪上，他繫上充滿溫情與愛的紙條，

無限

長久

輕撫

並且加上他妻子的名字，宣喜韓（Seon Hee Han）。

曹先生常常想到她，她最後死在家鄉的那個島上，那是他還在當警察的時候。他過去薪水微薄，她就在三溫暖當搓澡阿嬤（ttaemiri），幫島上女人們按摩搓洗、去角質。

曹先生開始訓練鴿子，也是為了她。他記得有次他問到她的祖母，她說：「得化身為鳥，才能回到那裡去啊。」說的沒錯。檢查哨、尖刺鐵絲圍欄只能擋住地上的動物和人，但鳥類昆蟲、甚至蛇和青蛙都可以穿越邊界。用宣喜韓賺的錢，他們養大這群鴿子，曹先生很希望她能到他夢裡來，他想告訴她，有可能有一天，能用信鴿傳信到她在邊界另一邊的家人。但是在這個願望實現之前，她就死了。

江上練習之後，曹先生認為必須操練鴿子飛越山巒。邊界那一邊，有很多積雪皚皚的高山，山峰陡峭、深谷萬丈，如果不鍛鍊好飛行，這都是無法突破的障礙。第一階段訓練，曹先生把鴿子帶到北漢山（Bukansan）山頂。老舊的腳踏三輪貨車吱吱嘎嘎——三輪車是曹先生以前載菜園的蔬果到市中心賣的工具，在那個年代遺留的——，他覺得還是叫計程車比較保險。他和計程車商量價錢，大清早去程，傍晚回程。計程車司機是李先生，和曹先生一樣以前是警察，所以兩人互相誠信，商量出一個好價錢。李先生唯一的要求，是信鴿要放在後車廂，車廂可不關緊、可透氣，以免車內會有味道和羽毛。曹先生毫不遲疑答應：「鴿子不怕冷，透透氣對牠們也好。」這一次，他準備了比較詳細的信息，以防鴿子在山上迷失，但被周圍鄰居找到。信息大約如下：

嗨！我的名字是「黑龍」，我捎帶的信息，請只交還給我的主人曹先生。

下面寫著曹先生的住址。他本想加上他女兒的電話號碼，但又擔心女兒不同意，怕號碼落入陌生人手裡，也怕她又取笑他這個飛鴿傳書的老頑固。

因此，一個四月份的清晨透早，李先生的計程車把曹先生載到山頂上。風很寒，但薄霧之上閃耀著碧空如洗的藍天。

「來吧，我親愛的，」曹先生跟他那對鴿子說：「你們將要飛行在本區最純淨的空氣裡，遠離市區了。」他先半開著鳥籠，讓鴿子適應自己所肩負的任務。同時間，他喉間發出咕咕聲，咕咕，咕咕，讓牠們定下心。他先捧出「鑽石」，緊握在雙手中，輕輕朝著鴿喙吹氣，牠稍稍活動一下，聞到空氣的舒爽氣息、陽光下松樹的味道、岩石間的多肉小植物、甚至雪的氣味，一種只有鳥類能嗅聞到的平靜氣味。曹先生往前走到俯瞰四周的小圍欄前，將「鑽石」撒放於天際。他看著牠展翅高飛，飛過冉冉升起的太陽，在樹梢上方盤旋。振翼的聲音充斥在靜止的空氣中。曹先生立刻接著放出「黑龍」，牠快速飛撲著翅膀直線上升，前去尋找愛侶。

兩隻鴿子在天上相會，彼此圍繞盤旋，飛的速度又快，彼此距離又如此相近，曹先生真擔心牠們撞上山頂的岩石。但他閉上眼睛，感受牠們所感受到的，像一陣夾雜著光與風的龍捲風，使得牠們上方的山巒不停旋轉，纏繞著白色與灰色的雲絮。

莎樂美也閉著眼睛。她伸出雙手，我將之緊緊握住，就像我可以將高山上空氣的滋味、松樹間的風聲、鴿子展翅的摩擦聲，透過皮膚傳達給她。她顫抖著，因為這個病，神經末梢特別敏感，身體一點小波動就會讓全身細胞顫動。我當醫生的朋友佑莉（Yuri）第一次跟我提到「複雜性局部疼痛症候群」這個病徵：「當疾病發展到某個階段的時候，最微小的感知都會成為難忍的痛楚，不吃止痛藥不行。」她以醫生的專業，冷靜地說出這句話，但是在這個窗簾低垂、寂靜窒息的房間裡，我似乎能體會莎樂美所感受的，一種電擊皮膚、全身、直上至髮根的痛楚。我低聲說：「對不起，莎樂美，我並不想讓妳受苦，如果妳要，我可以現在離開。」她沒回答，但手緊緊抓著我的手，指甲緊摳進我的肉裡，薄薄的嘴唇轉成青色。

她受到的電擊持續好一陣子。她慢慢萎靡下來，好像從莎樂美的軀體掙脫出來，我自己也感受到一股疲倦，取代疼痛而來的是麻木、遲鈍。

現在要說的，是我自己的故事，並不是編造的，而是真實地發生在我身上的故事。

我決定講給莎樂美聽，是因為某種程度來說，我厭倦了粉飾太平。莎樂美病得很重，只能縮在輪椅上，包著尿片，皮膚薄得像張皺紙，上面布滿紅斑和烏青。她散發的氣味，也讓人很難忍受。我之前都不知道病人會發出味道。有點像老人身上的酸味。我很熟悉老人的味道，因為小時候常常幫祖母按摩。但是老人的氣息比較溫和，有點像花朵凋謝的味道。莎樂美呢，身體發出強烈的味道，嗆鼻，動物性的氣味，混著汗臭。就算護士在她脖子灑下一公升又一公升的古龍水，這味道也只會悠悠不散，轉一轉又冒上來。我有時很想跟她說：「莎樂美，妳氣味好重。」我沒說，不是因為不好意思，不是因為她付了我錢——再說，我又不是她僕人，我可是說故事者。不是這樣的，之所以沒說，是因為矜持，因為我認為自己沒什麼可抱怨的，也無法改變任何事情。我若不喜歡就不要再來她家，嘮嘮叨叨幹什麼呢？

然而，這股氣味在我身上縈繞不去。就連我回到半地下室的小套房，不顧街上丟放的垃圾袋引來老鼠和蟑螂，我也要打開朝街的氣窗。我躺在擺在地上的床墊上，氣味又襲來，充滿整個室內，充滿我的鼻腔。我甚至懷疑這氣味會不會是從我身上發出的。我把頭埋進床單下，緊握著雙拳睡著了。

所謂的謀殺者就是這樣出現的。

一個菜鳥謀殺者的故事，二〇一六年八月底

那時候，我還住在梨花大學（Ewha）上方那一區，小街小巷攀爬往上，這一區都是兩層樓的房子，大多數都很破落。這也是我給這一區取的名字。大學同學問我住在哪裡的時候，我都回答：「我住的那一區叫做『破敗區』（El Sordido）。」我住的這棟房子真應該叫這個名字，但它沒有名稱，只有個號碼，203棟1002號這種。這房子是一整棟磚砌的房子，每戶一模一樣的金屬窗戶和大門，陡峭的樓梯一點光線都沒有。一樓是牛肉湯餐館，再上一樓是按摩館。我呢，住的是半地下室，只有一扇窗，是一扇與街道齊平的氣窗，經常被街上的垃圾袋擋住。剛開始，我投入的是對抗一隻大老鼠的絕望的戰爭（絕望的是我），牠對我住的地方熟門熟路，在通風管中自由來去，還破壞氣

窗鐵欄杆進來。我把鐵欄杆換成一塊木板，牠就每天晚上啃噬木板。我刷上一層石膏泥，牠居然還是咬開了。最後的殺手鐧是，我去舊貨商那裡買了一片鋅鐵板釘上去，結果噩夢一場，那隻大老鼠（我叫牠Fat Boy，不過也可能是Fat Girl）試著用利牙在鐵板上啃出一個洞，刺耳的聲音讓我一夜無眠。舊貨商非常同情我的處境：

「對付老鼠，只有一個辦法，」他跟我說。

我以為他說的是老鼠藥。

「不，老鼠藥，您的那隻老鼠太了解了，牠連碰都不會碰，而且對小孩來說也危險。」

他給我一堆包在報紙裡的燒酒瓶碎片。

「您把酒瓶碎片碾碎，混在飯糰裡，牠吃了之後就會死。」

這方法很殘忍，但我想，不是你死就是我活。幾天之後，再也沒見到老鼠蹤影，我想牠應該已經死在外面不知哪個陰暗角落。

老鼠只是個前奏。過了一陣子，我遭受了更嚴重的攻擊。我正睡在直接擺在地面的床墊上，被一個奇怪的感覺驚醒，本以為是做噩夢，但當我轉頭看著氣窗，還以為自己的心臟會停止跳動。窗戶外面，有一個男人蹲著、看著我。我一直以為氣窗緊挨著地面，沒人看得到我，所以沒加窗簾。夏日正炎，天氣又熱又悶，我半開著氣窗。我清楚聽到那男人的呼吸聲，甚至看到他貼在窗戶上鼻孔留下的呼氣。

我不知道自己麻痺不動地看著那男人的身影有多長時間，就像在一場噩夢裡，連呼吸都不敢，之後一聲大喊從我喉嚨發出，我用盡全身力氣大叫，小房間裡叫聲迴盪，那個男的匆匆逃走。我能做什麼呢？報警嗎？但是什麼也沒發生，我連那男的長什麼樣都沒看到，只有蹲在我氣窗前的一個身影，聽聞他的呼吸聲，感覺到他的眼光，只有這樣。我對誰都不能說，連對舊貨商都不行，他又會有能根除跟蹤騷擾女性者[5]的藥嗎？接下來的晚上，我在氣

5 譯註：本文中作者用的是英文stalker這個字，中文譯為「跟蹤騷擾(女性)的人」，書末情節又出現這個字時，簡易翻為「跟蹤者」。

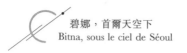

窗上用膠帶黏上報紙，甚至拿屋裡唯一一張扶手椅擋住門，夜裡睡也睡不著。一旦昏昏欲睡時，就聽到一陣敲在人行道上清楚的急促響聲，我埋進床單裡，根本不想聽。

接下來，還不只是晚上才發生。現在，只要我踏出地下室的房間去上課、去圖書館，一直感覺被跟蹤。「破敗區」最適合跟蹤不過了：彎曲而下走向地鐵站的小巷子、暗黑的角落、停車場出入口、內院，這一切都讓我覺得不對勁，好像四下都出現可疑的人影。我拔腿狂奔，頭也不敢回，左拐右轉，停下來從藥房玻璃的反射偷看後方。黑色的人影就在那兒，在我後方，一個高大壯碩的男人，肩膀低垂，長褲下襬皺在褲腳，灰色T恤，天氣這麼熱還戴著一頂壓低的毛線帽。雖然我從未正面見過他，現在已熟悉他所有外表細節。驚魂甫定，我決定蒐集最多細節，以便反擊。身高的話，我對照他身旁電線桿上貼的一張廣告海報的高度，在藥房玻璃窗反射中，看他超過品牌十幾公分，估算他身高差不多一百八。體重比較難估算，我用的招數是從人行道上堆放的紙箱中間穿過，而他穿不過，只好走下方的街道繞道經過。他的年齡也很難確定，但他能跑步或大步行走，表示他處於壯年，表示他具有破壞力。

他為什麼選我當目標呢？他一定觀察我很久了，早在我察覺之前，在我逃離姑媽家公寓，搬到這個爛地區、半地下室房間時就開始了。但是他何以這樣固執地跟蹤我？為了逃離他的跟蹤，我改變生活作息。我本來習慣晚睡，在房間裡開著燈看書或研讀到很晚，起床時則接近中午，一天早就開始很久了。現在我很早就熄燈，假裝已睡下，早上很早就起來，有幾次六點鐘就出門，沒吃東西，甚至沒刷牙，穿著和前一天同樣的衣服，沒換衣服、沒梳頭，一付邋遢模樣，這樣就沒人想來跟我說話。剛開始我以為他明白了、放棄了。但當我踏下地鐵裡的階梯，回頭一看，他在那裡，小巷子高處，手插在口袋裡，又大又圓的腦袋上還是一頂壓低的毛線帽，我甚至看到他還微笑。這微笑引起我兩肩之間一陣冷顫，就像他雖然人在遠處，卻拿著刀在我皮膚上滑過似的。

莎樂美無動於衷地聽著故事。我相信她也感到害怕，或許她從來沒想到過這些，想到有人會無故在路上跟蹤女生，什麼話也不說，也不靠近，純粹只為了讓她害怕。我很後悔跟她敘述這些，這應該不是她想聽的故事。這是為了報復嗎？報復她生活在一個溫軟無憂、保護周全的世界，雖然生病，她的世界也從不缺錢，護士在固定時間輪班，都為了照顧她，現在我也算在內，被雇用來和她說話。又或是因為我想懲罰她如此無助、周身圍繞著死亡氣息？我對她說：

「對不起，我不該跟您敘述這些。我看得出來您不喜歡我的故事。」

她連忙說不是，兩頰突然火紅，眼睛有著光亮。

「不是，不是，碧娜，請您繼續說。」

她又說：

「反正只是故事，不是嗎？不是真的。」

一時之間，我很想跟她說：

「您沒搞錯嗎，我怎會編造出一個謀殺者？」

然而我迅速恢復理智：「不，不是真的，莎樂美，這當然只是個故事，就像傳信息的Kitty小姐，或曹先生和他的信鴿。」我還有點猶豫，但莎樂美很快填滿她的問題和我的回答之間的空檔時間，也可能她其實和我一樣，希望並且相信這不是真實的，但同時她又想多知道一點，因為一個謊言的後面，永遠隱藏著一個事實。

雨季驟然到來，城市裡一片滂沱大雨，街道都成了小河，這是我第一次看到這種景象，因為在全羅道，下雨的時候，大地像吸收所有河流和沼澤的水，但在這裡，我住的新村，卻像是世界末日。天空翻滾大塊雲朵，掩蓋住大樓上方，十字路口都淹水，髒水從地下水道噴出。每天，去大學上課或去當語言家教，我都得排除這些障礙。撐傘根本沒用。我把背包包上好幾層塑膠袋，穿上水手的雨衣（這是年輕時在魚市場工作時留下的唯一東西！）走在街上時，我脫掉鞋子，拿在手上。在鄉下長大的好處，就是習慣赤腳走路，看我那些大學同學，他們穿高跟鞋在泥濘裡掙扎，或是穿著夾腳拖滑來滑去，雙臂上下擺動就像站在浮冰上的鳥。我向來喜歡在雨中赤腳走路，感受水在腳趾間流過，重溫兒時的回憶。這個雨季對我來說是個休憩，因為跟蹤狂消失了。想必他不喜歡被弄濕，或是他動作比我慢，在化成激流的街道小巷裡，追不上我。

這時節我不再和朴先生見面，事情就是這樣，自然而然，他本應打電話給我但沒打，我本應一個周六下午去書店找他但沒去，反而跑去電影院，看了一部驚悚片。感覺好像是**跟蹤者**的消失，連帶讓我的愛情也消失了。或者，其實這兩者是同一個人，只不過兩個面容罷了：一個是控制慾強、有點自私的自戀者；另一個是危險而貪婪的陌生人。

又好一陣子沒和莎樂美見面，也沒打電話給她。一定是因為雨季的關係吧，況且我還要準備大學裡的初級法文教學課程。雖然酬勞超低，我還是接受了這個工作。這工作是英子（Young Ja）“bitch”介紹的。這其實有點不合法，因我並沒有可符合的文憑，但騙她說我在非洲生活很長一段時間，跟在地人說的法文一樣好。反正這也幫了她的忙，她和先生決定要生小孩，必須開始一連串的檢查測試。當然，她四十歲了，要生孩子已經算滿極限，但我真的無語。她還是像以前一樣的那個“bitch”，同樣目中無人、自驕自滿，以她家裡的財富欺人（她父親擁有首爾最大的米果公司，並開始外銷到非洲各國），而且她讓我代理課程，卻只付我她大學薪水的一小部分。我知道可以威脅或去告發她，但我這樣做又能得到什麼呢？她仗著父親的錢，還是會留在位子上，我呢，則會落下所謂“bitch”的名號——見獵心喜，藉著背叛而往上攀，不知感恩的人。所以啦，我每天留在學校備課、準備問答、下載圖片和流行歌曲——達麗達（Dalida）、艾維・米拉（Hervé Vilard）、還有我一直很喜歡的阿蘭・蘇雄（Alain Souchon），這稍許增加了“bitch”英子一成不變的的音樂教材：阿達莫（Adamo）的《下雪了》（Tombe la neige）。

收到莎樂美的一堆信息之後，我終於打電話過去，她的聲音真的好微弱。

「還好嗎，莎樂美？」

「不好。很糟。」

「啊？我很遺憾。」

一陣凝重的沉默。我可以想見她的呼吸聲，尖聲的窸窣，就像風穿梭過松針葉的響聲。我想像她悶熱的房間、照在低垂窗簾上的陽光、她身上衣服的汗味，這令我心頭一緊，那種太過熟悉卻又需要面對的東西。

「我現在可以去看妳了。」

我只是隨口說說，但立刻感覺到這句話讓莎樂美大鬆一口氣，像吐出一口氣，也像使她呼吸順暢了。其實很顯然的是，任何作用力都會引起反作用力。我也可以撒個謊，只為了看看她的反應。這很殘忍，但最近一段時間，我學著殘忍。像朴先生一樣，約好了人不來，打電話來也從不留言，從公用話亭、或是像書店那種無法回撥的號碼，連想回電都不行。

「什麼時候？」

「如果您想要，我現在就可以去。」

「您搭計程車來，留著收據我會還您費用。」

「但是我身上沒有付計程車的錢。」

「那我幫您叫一輛，您在哪裡？」

「我在大學。」

「我叫車。」

一分鐘後：

「計程車十五分鐘後會到大學大門口。」

「OK。」

看到莎樂美這幾個星期身體上的改變，我嚇了一跳。就好像時間對我來說正常走著，一小時一小時，一天一天，一夜一夜，對她來說，時間卻是用飛的。她的臉龐還是姣好（我一直覺得她的臉很像但丁・加百利・羅塞蒂[6]的一張圖畫，

6 譯註：但丁・加百利・羅塞蒂（Dante Gabriel Rossetti, 1828-1882），英國畫家、詩人、插圖畫家和翻譯家，是前拉斐爾派的創始人之一。

鼻樑有點寬，兩彎眉毛在晶亮的眼睛投下暗影，黑色瀏海剪得平平整整），但表情有點怪異，好像潛伏著什麼恐怖的東西，令她無法擺脫。她捲縮在扶手椅上，儘管天氣炎熱，膝上依舊蓋著毯子。

她臉上帶著強顏的微笑。

「Long time no see,」她說。

「也沒那麼久啦，」我開始說，但她不聽，做了個不耐煩的手勢。

「我不想聽這個。我要您說故事的後續給我聽。」

她的聲音也變了，聲調像蒙了一層紗。她呼吸急促，嘴半張著，呼吸的熱氣在牙齒間發出噓聲，我還以為聽到蒸氣馬達的響聲，其實只是她體內的肺像鐵爐一樣運作著。

「那個所謂的殺人犯呢？」

「他消失了……暫時。」

「怎麼會，消失？那些人永遠不會徹底消失的。」

她帶著挖苦的神情看著我。我本想隨便扯點什麼，說雨水會讓一切消失的話，但她的眼光讓我說不出來。我感覺她知道，或是她懷疑什麼我沒明白的事。

「但是我不需要這個故事」，她說。

我開始我們的儀式，到櫥櫃裡拿出小茶杯和杯墊、茶包，以及她父親從英國帶回來的薩拉姆茶壺。我按下電熱壺按鈕煮水，站在窗前等水燒開。穿過網紗窗簾，我看見外面空蕩的街道，人行道上的水泥閃耀著雨水、植物。莎樂美能看到的世界僅僅是這四面牆之間，連天空都看不見，被四周高高的建築物擋住了。

「快點！」

這是頭一次莎樂美以命令的口氣對我說話，但是她的音調完全不是命令，應該是哀求，從薄薄的雙唇間飄散出，在喘息聲中顫抖。

我坐在她對面，不是在扶手椅上，是在椅子上，一張有靠背的低矮椅子，因而我面對著她，像坐在她腳邊。我覺得這是說故事人的姿勢，我很喜歡。我記得我父親的姊姊——其實是他同父異母的姊姊，我們都叫她姑母（Gomo），我記得這是她的名字。當她說起自己的生平故事，我就坐在她腳邊的地上，讓她的手輕輕撫摸著我的頭髮。

講給莎樂美聽的曹先生故事結尾，二〇一六年八月底

事實就是，我說過的（而且相當鄭重地說），一切都有個結尾，儘管是最不可思議的故事。連曹先生都知道這一點。因此他長久以來一直拖延著讓信鴿離開的時刻，讓他心愛的「黑龍」和牠的愛侶「鑽石」飛到土地的另一邊。

或許他害怕最終的試煉。他等待這一刻這麼久了，能回去故土的時刻。自從他和媽媽住在江華島，媽媽每晚唱著名的民歌《阿里郎》給他聽，眼睛望著浩浩漢江之上，那條濃霧畫出的線條的彼岸。他記得很清楚，生命中幾乎每一晚都記得這一幕，當黃昏漸至，這首歌就像祈禱詞一般。

「有一天，終有一天，我們會越過漢江，我們穿過叢山峻嶺，回到我們的

家。」這是小時候他媽媽邊搖著他，邊唱的歌，他熟睡著，夢到自己飛到了另一邊。或許他是唯一記住這些的人。當他把這些告訴即將成為他妻子的宣喜韓（但她比較喜歡自己的英文名字Nancy），她並不當一回事。剛開始她只說說笑：「每個小男孩都夢想和媽媽一起到天上去！」隨著年月，轉變成尖酸的叨絮：「那你就去看看哪，看看另一邊有那麼棒嗎？聽說他們那裡死了人得迅速埋葬，免得被人分食了，人民飢餓到這種程度！」他明白她永遠不會了解他的夢想，自此再也不提。

曹先生感覺時候應該到了。自從妻子過世後，他每天都在準備回鄉的事宜。現在再也沒有人反對他的癡想了，女兒也大了，嫁給一個在移民局（處理的大多是中國移民）工作的職員，沒時間也不想再批評父親。而他和信鴿的事，他想怎麼做就怎麼做，她並不在乎。

另一方面，曹先生覺得要在還來得及的時候做個決定。儘管以一個退休老人來說，他身體還算硬朗，*Good Luck!* 警衛工作也讓他有許多閒暇時間，但是他知道剩下的時日愈來愈短，有一天他將不再有力氣從事這趟旅行。

六〇年代晚期，戰爭雖然結束很久了，但邊境屢屢出問題。有一次南北韓軍人在北方高城郡（Goseong）的非軍事區裡（DMZ）發生武裝衝突，雖無人死傷，但的確真槍實彈開了火，甚至還有砲聲。這種事隨時都可能再次發生。

曹先生必須有萬全準備。他決定要給鴿子們一次特殊的訓練。他最先想到的是用炮竹，新年期間放的那種鞭炮。但是鞭炮這種小玩意太滑稽，又不是要嚇麻雀，他的鴿子是要從事以前從沒做過的、更重要、更艱難的航程呢。

他決定搭公車到城市南邊的動物園附近那一區，然後爬上松林間崎嶇的小路。那裡，林間空地有一個打靶訓練中心。曹先生早已勘查好地方，覺得最適合的地方是打靶場東邊一點，一個隆起的高丘上，這裡沒人會發現。

時間還是清晨，打靶中心剛開了門。等到中午，曹先生放出鴿子，先是「燕雀」和牠的伴侶「火狐」，接著是「總裁」和「旅行者」，然後是「蒼蠅」和牠的伴侶「蟬」。打靶的槍聲在藍天上迴盪，空氣中瀰漫著火藥味。當打靶槍響變密集的時候，曹先生輕輕把「黑龍」拿出籠子，好一陣子輕撫著牠的肚子，牠是他的英雄，將會完成任務的那一個。他把牠拋上天際，朝向打靶場方向，「鑽石」隨後立刻高飛，在松樹林頂端的天空畫了一道弧線。

曹先生等鴿子飛回，一直等到晚上。森林中的槍響蓋住其他所有聲音，聽不見臨近高速公路的車聲，也聽不見林中蟬鳴。曹先生想，這就是母親用纏布把他綁在背上，穿過田野時聽到的聲音，機關槍和大砲轟隆聲不斷，她在浦項（Pohang）和馬山（Masan）的稻田裡倉皇往前跌走，那是夏季末，很久以前了，一九五〇年，曹先生還是個吃奶的孩子，但他似乎記得那時候的每一聲槍響，每一枚大砲打在地上發出的撞擊。

黃昏了，濃霧開始遮蔽天空。曹先生看到鴿子飛回來了。牠們在天空盤旋，兩對鴿子之間只隔著幾個翅膀的距離，尋找著牠們的主人。槍聲停止了，蟬聲又開始，一陣高一陣低，映襯著路上車子的噪音。

曹先生發出指示，拍拍手，鴿子們聚過來，先是母鴿，隨後跟著兩隻降落在松林間空地上的雄鴿。牠們飛了一整天，但不顯露疲倦。曹先生把牠們接到手中時，感覺到牠們的心跳還很快速地搏動著，就像那在山丘頂上自由飛翔的一天。曹先生把牠們一一放回籠子裡，沒餵牠們吃，只在籠子鐵欄上架的水杯裡放了一點水。他自己也一整天沒吃沒喝，像和鴿子共同體驗試煉。他覺得非常驕傲，因為他的鴿子通過了試煉，目前，已沒有任何阻礙返回故土的路了。

莎樂美在椅子上稍微伸展身子，手臂或腳都沒動，只是放鬆了肌肉。她臉上的焦慮表情已經消散，幾乎散發出微笑。

「牠們什麼時候會真正出發呢？」她問。

我說：「明日。」我本可以說「立刻出發」的，但是外面的光線已和故事一樣漸漸黯淡，雨停了，所以我決定對我、對她、對曹先生定下時間，將是明日。

而明日已到來。

對曹先生來說，這是出發的大日子。他租了一輛市場上的載貨小卡車，和鴿子一起踏上最後一次的冒險旅程，直到邊界的另一邊。他很熟悉那個地方，是他跟媽媽在一九五六年戰後來到南韓的落腳處，也是長大的地方。他就出生在那附近，漢江河口三角洲的另一邊。曹先生的媽媽想在那裡安頓下來，在那個荒僻的村子，因為這樣她感覺還和留在另一邊的家庭還有聯繫，和她死去的丈夫以及她祖父，與她所有失去的親人。她有時會和兒子說起以前的生活，他們還生活在梨子園衣食無缺的那個時候。她很少說到曹先生的爸爸，因為他只是個農民，但長得帥氣，高大壯碩，聲音也很好聽，喜歡唱當時流行的民謠，她就是因為這點愛上他的，兩人也有了孩子，只是她的家庭一直看不起他。南北韓戰爭爆發，他潛逃加入北韓軍隊，自此音訊全無。她只好帶著孩子逃走，乘著小筏穿過河，來到南方，來到浦項。曹先生現在腦中充滿一切回憶，尤其是《阿里郎》歌謠，他打開一個一個鴿籠，眼睛湧上淚水。

「去吧，飛高高地，飛到我的故鄉，直飛到那個山谷裡的偏僻農莊，你們一定能從那漂亮的梨子園認出來，會把我的信捎給我的家人，我的姪子姪女，我的表哥表妹，你們會告訴他們，我還活著，把我寫的紙條給他們看，讓那些在河另外一邊的家人，看看我那些寫著希望與愛、快樂與歡笑、幸福的紙條！」

在午後溫暖的陽光下，莎樂美閉著眼睛。她聽著曹先生寫的句子，聽著鴿子翅膀之間的風聲，羽翼的摩擦聲，推著牠們飛過漢江，黝暗的江水之上的風，水面的水紋像皺起的動物皮毛；下一片土地的味道也接近了，田地裡的聲音、人聲、孩子的笑聲。

妳聽，從海上吹來的風，早晨清新的風，呼吸、感受這風拂著妳的臉龐，莎樂美，妳飛翔在高空上，朝向北方，飛到世界的另一端，這是妳最後一趟旅程，和「黑龍」和「鑽石」，以及和其他鴿子一起飛翔，風讓妳沉醉，風刺著你的眼睛，令妳呼吸困難，但妳繼續飛，筆直朝向最後的目的地，妳張開雙臂，感受風拂過全身，妳全身已無重量，成了風中的一根羽毛、一片樹葉、一片花瓣，妳身軀下方的漢江和島嶼將妳愈推愈高，朝向北方，朝向妳的故鄉。

我的聲音愈來愈低，愈來愈慢，莎樂美一直閉著眼睛。她張開雙手，感受手指間的氣流，她呼吸著風，嚐著海水的鹹味和開滿花的原野的甜蜜氣味，金茅草高高的梗子在風中擺動、樹梢的葉子、油亮的茶花灌木叢，以及所有橫亙交叉的小路，並不是大馬路，而是排列著石牆的小徑，以及村莊藍色的屋頂，這些字句帶領著她，她甚至不必聽，這些字句都可以在她腦子裡自己冒出來，就像火箭發射般。

鴿子飛了一整天，直到天黑，飛過山谷和丘陵，飛過黃澄澄的稻田和油菜田，飛過工廠和調度火車的車站，飛過灰色的村莊、小型飛機場、湖泊和河流。夜色降臨時，鴿子們認出主人出生的地方，兩座山之間夾著一個窄窄、種滿果樹的峽谷。牠們在天上盤旋最後一圈，然後落在屋瓦上，先是一對，之後另一對，最後一對，也都一一降落，牠們都抵達了，一隻都沒脫隊，一隻都沒迷路。牠們在穀倉屋頂上踱步，爪子抓著鐵皮頂發出尖銳的聲音，喉嚨間發出平靜的咕咕聲，那是牠們溫柔而悲傷的小歌曲，交配之前對愛情的詠讚。

莎樂美閉著眼睛，聽見農場裡的聲音，先是孩子的叫聲，他們看見穀倉頂上的鴿子，喊著：喔—喔—喔！大人也一個接一個跑來，婦女繫著圍裙，男人的臉被太陽曬得黝黑，他們身材高大，肩膀厚實，雙手被農活鍛練得粗壯。所有人都站在水泥屋前，看著之前從沒看過的那幾隻鳥。其中一個在牆上架起梯子，小心翼翼地慢慢爬上，他抓住「黑龍」，鴿子並未反抗，牠飛行得很疲憊，連掙扎的力量都沒有。一下了地，大家圍住鴿子，這時「鑽石」也拍撲著翅膀飛下地，停在伴侶旁邊，另外兩對鴿子也飛了下來，孩子們笑嘻嘻地把牠們捧在手中。這時，一個名叫美善（Mi-Sun）的小女孩突然大聲說：「你們看，爪子上綁著一封信！」她亮出捲紙，一個男人把它打開，一位婦人高聲念出紙上寫的字：未來。這是個祕密的字眼，從一張昏重複到另一張昏上，其他的紙也一一攤開，上面也都是只有一個字的信息。其中一個人提到間諜，而這令人害怕的字眼令大家都往後退了一步，但只見鴿子平靜地啄著美善撒在地上的米粒，其他的鳥也一起分享。中午時分，初冬的陽光穿過濃霧。這些鴿子來到這裡，受一股神祕但明確的命令引領，他們又提到另一個世界，漢江河口的另一邊，一個不再陌生的世界。牠們在地上漫步，在種梨子的大集體農場住戶之間踱步。這裡是牠們旅行的終點。明天，或者幾天之後，美善和其他孩子們就會在紙上寫著字，捲好了繫在「黑龍」的右爪上，以及繫在所有鴿子的爪上，紙上就寫一個字，例如：恭喜、愛、幸福，然後把鴿子捧在手裡，拋向天空，朝向歸去的方向。

莎樂美仰癱在扶手椅上，頭有點歪斜，眼裡充滿淚水，她自己也不知道究竟是高興還是悲傷的淚水。這是故事的結束，一段旅程的結束。

我拉起她的手，久久緊握著，她的手灼熱、乾澀，像著了火。

我沒說再見就悄悄離開。看護時間到了，護士站在客廳門口，那身白制服在陰暗中閃閃發亮，好像幽靈。曹先生實現了夢想回故鄉了，再也無所求，因為對他來說，現在這世界就完美了。但是住在其他地方的人呢，比如我們，沒有什麼是真正完成的。幸福不存在，只有幾個小小的癡想，或是幾句承諾。只有海上吹來的風，在鳥飛過漢江河口時，掀動的羽毛。

真實的生活總是扼殺一切。

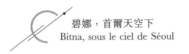

雨季令莎樂美和我都非常疲憊，好像街上淌流的水在灼熱的馬路上發出的蒸氣，把我們洗了搓了、揉了拋了，令我們渾身無力。

我決定再次搬家，那間半地下室的房間實在比破敗還破敗，雨水讓牆上所有可疑的痕跡都顯露出來，那隻暫時消失的大老鼠又凱旋回歸，還呼朋引伴，每晚在我釘死的鐵板前推擠，我清楚聽見牠們的啃噬聲，牠似乎已經消化完夾雜碎玻璃的米飯糰，現在回來用牙齒啃咬最後一點碎玻璃的聲音來譴責我，聲音簡直是陰魂不散！我也看見蟑螂在浴室橫行（浴室其實只是個淋浴的地方，下面是蹲式廁所），如同俗語所說，明著看見一隻老鼠，暗著其實有十隻，明著看見一隻蟑螂，暗著其實有百隻！我一點都不想去數有多少隻！

我經由母親一個朋友介紹，拿到一個出租房的地址，在城市另一頭的南端，我甚至不知道那裡還算是在首爾城，或是已算鄉下，坐地鐵到梧柳洞（Oryu-dong）站得要一個多鐘頭。我整理好滾輪行李、斜背包包和背包，把所有家當塞進去，床單、衣物，甚至還有媽媽在我離開全羅道家鄉村子時，給我的兔子型小枕頭。我一大早就出發，得趕在社區甦醒之前，以免遇到我欠了三個月房租的房東，或是那個恐怖的跟蹤者（那傢伙從雨季開始就完全消失蹤影，或許跟雪人在太陽出來就消融一樣吧）。我沒留下地址，也毫無遺憾，在「破敗區」住的這幾個月，是我生命中最悲慘的歲月。

我喜歡新搬來的這一區，有點像我家鄉的街道，街道又直又醜，沒有時髦商店，但也沒有老鼠窩。我住的磚造建築靠著一條大馬路，兩旁種有營養不良的小樹，住的是二樓的一間公寓，樓下有一家賣冷麵的麵店，那個名叫安昭蓉（Ahn So-yong）的房東太太把這個當廣告說嘴：「白天無論幾點，甚至是到晚上，妳都可以下樓跟麵店說是我介紹來的，一定都會有麵可吃。而且好便宜喔。」

住在「破敗區」的時候，我誰也不認識，通常避著鄰居，尤其避著眼裡只認得錢的房東；相反的，在梧柳洞這裡，我很快就認識好鄰居，甚至交了朋友。這裡住的大多是中下階層的人，只除了我樓上住的是在聖公會大學（*Sungkonghoe* University）旁邊一間中學的數學老師。鄰居裡有一個在橋旁邊架了一個貨櫃當店面的鞋匠，還有在旅館做清潔工作的婦女、家庭主婦、在新道林區（Shindorim）或永登浦（Yeongdeungpo）區上班的小公務員。他們一早就出門，媽媽們也送孩子去上學，早上非常安靜，我可以睡到中午（我一向喜歡晚起，這是我和父親經常吵架的原因，因為到魚市場幹活，得天一亮就起床）。

我也喜歡我這一帶新的地鐵站。從合井站（Hapjeoong）開始，二號線就駛出地面，跨越漢江，在堂山站（Dangsan）奔馳於高聳的建築腳下，在新道林站，一號地鐵也駛出地面，橫越比較平民的區域，建材較差的三層樓房，一棟挨著一棟直到抵達梧柳洞站，這一路穿過不同風貌的區域有非常不同的景象，有現代化大樓、大型公園、熱鬧的街道、之後是鐵皮屋頂的磚造小房子，一直到梧柳洞站。到站之後，我得穿過鐵道下方的地下道，我喜歡這個四方大道交集的大十字路口，還有那條鋼構橋。我感覺好像旅行到了美國一般，想像梧柳洞的這座橋是布魯克林大橋（Brookly），想像這裡的大道和小街像紐約平民區布朗克斯（Bronx）或皇后區（Queens）一樣。甚至梧柳洞這個名字我也喜歡，讓我想到東京市區的一個區域（我也很想認識的另一個大首都）。

我很快就在此養成了一些習慣。生命中頭一次，突然覺得自己非常自由！我不用對任何人交代什麼，又能遠離姑媽和她那甜美可人的白華！她們不可能找到這裡來！在弘大的法文基礎課，我也和剝削我的英子達成協議：我繼續教早上的課，但晚上能讓我在她的辦公室過夜。她剛開始有點猶豫，因為行政上這是不太正規的，但是辦公室的守衛通常習慣很早就休息，他會回房間躺在床上看連續劇，晚上九點鐘之後，整棟樓就由我獨占，洗澡、上廁所都不會遇到任何人。我在西大門（Seodaemun）市場買了一張折疊床墊，每天早上摺好放到英子的櫃子裡。至於吃飯呢，走廊盡頭有個小廚房，裡面有微波爐、電水壺，這是我吃泡麵和早上上課前泡咖啡所需要的（拉麵是充滿味精和鹽分最糟糕的東西，但窮學生就靠它！）。這一切都進行得圓滿、毫無問題，所以我說，這是我這一生目前為止覺得最自由的時光。

我喜歡教法文課。大部分的學生（應該說女學生，因為班上十八個學生裡只有一個男生，還有點娘娘腔）註冊這堂課是為了增加學分，主科其實是數學、自然科學、物理，或是哲學。我用的教材是《閱讀的喜悅》（*La Joie de lire*）——這原本應是小學教材，而不是給大學生用的。裡面也有文法練習，還有誰都看不懂的理論文章。學生必須一個接一個結結巴巴地念出文章，然後改變動詞時態或是把句子改成問句、否定句、否定問句。

船似乎朝著島駛去。
船似乎不是朝著島駛去。
船似乎是朝著島駛去嗎？
船似乎不是朝著島駛去嗎？

學生為句子結構頭痛的時候，我徜徉在這些字的溫柔夢幻之中，這是我向來喜歡的。例如想像著船在漢江上緩緩隨著水波搖盪，沒有馬達，只有一個男人在船尾撐著一支長長的篙，靠近野鴨島（這是江上我最喜歡的一個島），在平滑如鏡的水面畫出漣漪，時不時從水底冒出水泡，我想著曹先生的母親——帶著嬰兒和一對鴿子渡江坐的小船，那是五十多年前了，那時島上的野鴨就在了，牠們沒躲避轟炸，對牠們來說，一架飛機無疑就和一輛卡車或一艘馬達船一樣，都是同類的東西。

課堂上，當學生一陣沉默，或是勉強讀著課文，徒然地嘗試發出這個語言中

p和b不同的發音，必得去搞懂一個字會因為複數而長得不一樣，或是必須把舌頭擺在嘴裡鼻孔下方才能發出那些稀奇怪異的鼻音字——那時，我就在心裡開始另一個要講給莎樂美聽的新故事，看著她睜開雙眼，聽她的呼吸聲轉強。因而，我編造了歌手娜比（Nabi）的故事。

講給莎樂美聽的歌手娜比的故事，二〇一六年九月

她年紀很輕就來到首爾，我想是十二歲。她是個美麗的女孩，來自江原道（Gangwon-do），一個叫做寧越郡（Yeongwol）的小城。她本名叫做權香洙（Kwon Hyang Su），這個名字真是前生注定，因為它的意思就是「芬芳的水」——也和「鄉愁」同音。她從小除了唱歌之外什麼都不愛。她陪奶奶上教堂，很快就加入教堂的唱詩班，唱聖歌時拍著手掌、扭動著身體，這讓信徒很開心，尤其是男生，但她的奶奶可一點都不喜歡，奶奶是個嚴格又專制的人。

「唱歌的時候不要扭來扭去，要知道魔鬼無處不在，甚至連上帝的家裡也一樣。」

但是娜比不聽。每次聖歌一響起，她就感覺音樂進入她的體內搖擺，這時她的聲音變得嘹亮清澈，凌駕其他人的歌聲，到最後，只有她一個人站在麥克風前高唱，所有信徒隨著韻律拍著手，伴著她的歌聲，連坐在鋼琴前的牧師也稍微往後，聽著她、看著她唱。

香洙長的漂亮但身材不高，所以十四歲看起來像十二歲，儘管胸部已經悄悄在襯衫下鼓起。她喜歡穿美麗的洋裝，露出小腿，她有結實、渾圓的雙腿，她學著走路抬頭挺胸，因為看到雜誌上寫這樣會凸顯臀部，也會看起來比較高。在教堂，牧師藍道爾（這不是他真正的名字，但他在美國生活過一段時間，就沿用這個洋名）每次看見她就說：「有雙美腿的年輕美眉來了！」這讓奶奶不太高興，但不敢說什麼，牧師畢竟是牧師，何況藍道爾娶了一個比他稍微年長的太太，頭髮灰白、體型巨大，但沒有人敢對這樣的女人發出任何批評。聽說真正掌控教堂的是她，甚至連佈道講辭都是她執筆的。

這間基督教堂在一棟現代建築的一樓，有點像一個大工作坊，雙扉門看起來倒像修車廠或舞廳的入口。一進門是一個可容納四百個位置的大廳，有一個講台和電影大銀幕。香洙每個星期日就在這個大廳裡唱歌。唱詩班有六個男孩、六個女孩，都穿藍衣、白衣，只有香洙因為是表演的主角，可以穿她漂亮的洋裝上台，有時也穿牛仔褲、白襯衫。她唱韓文聖歌，也唱英文的，爵士的調子，有時藍道爾牧師捨下鋼琴，會有另一個年輕男孩帶著電吉他來替香洙的獨唱伴奏，以爵士樂藍調的韻律。

香洙彷佛只為這個時刻而活。一站上舞台，她就覺得自己變成了另外一個人，一個非常不一樣的人，不再是一個受人擺布的孩子，而是一個女人，知道自己要什麼的女人，引領眾人，受到尊重。她唱完歌，全場鼓掌，但這也讓奶奶覺得不妥，說：「不能忘了這是什麼場合，又不是在夜店！」

不過，香洙的奶奶對藍道爾牧師也並沒有太大的推崇。所有人都知道他是個草包，因他討好原來那位高尚而純真的老牧師才得到這個位置，然後又撒錢拉攏社區裡有影響力的人，尤其是富有的老寡婦，都被他的奉承和禮物所收買。

香洙的奶奶很嚴厲，但很寵溺孫女，她試著彌補香洙的媽媽拋夫棄子、跟著另一個男人跑了的過錯。香洙的爸爸老實說也是個無賴，拈花惹草又愛說謊，無恥地偷竊教堂的捐獻款，拿去賭錢或買香水給他那些一個又一個不斷更替的女朋友。香洙的奶奶對此睜一隻眼、閉一隻眼，因為是自己的小兒子，小心肝寶貝，她只有全力資助。而這股愛也移轉到孫女，以及教堂事務上，香洙美麗的歌聲和美腿能吸引更多信眾，不但不會讓她不開心，反而她想，一切都該為耶穌基督奉獻。

那個時期，香洙住在奶奶家，和姑媽、姑丈一起住，姑丈是個矮小、脾氣壞又惡劣的男人，但全家人都臣服在奶奶的權威之下，表面上仍是個平靜無事的正常家庭。甚至香洙的父親知碩（Jiseok）都會留給人老實、規律過日子的錯覺印象——他都要人叫他傑克吉普（Jack Jipe），和他賭博業者的身分比較相稱。每天早上，大家會在與教堂相連的大廳中吃早飯，然後奶奶會對每個人下達指令。接著香洙就趕去附近的學校上學，她勉強撐著唸完國二。她並不討厭學校，但是學校裡，大家所關心的、同學之間的交談，都和她自己的生活隔了十萬八千里。她們談論購物、化妝、和男生交往、運動比賽、電視連續劇。香洙的奶奶家是有一台電視，但只能看基督教傳福音的影片。香洙看過最不正規的——而且她超喜歡——就是《納尼亞傳奇》（*Narnia*），因為奶奶跟她解釋過故事傳達的含義，獅子代表耶穌基督，一個真正的基督徒的戰鬥，就是在不信宗教的人群裡，找到宗教這條正途而行。

就是在這段時間，香洙遇到此生最大的好運，也是讓她成為歌手的契機。一切由一封信而起。一家唱片公司尋找唱聖歌的男生和女生歌手，藍道爾牧師把香洙叫到辦公室裡。他說自己沒跟任何人提起，但如果香洙願意，她是這家唱片公司尋找的人選。香洙心跳加速，藍道爾口中所說的，是她長久以來不敢相信的夢想，也就是如果有一天她的機運到來，她可以為她生命中所喜歡的事物全心付出。但是，她又猶豫，不知奶奶會同意嗎？在教堂為信徒唱聖歌是一回事，幫唱片公司唱歌賺錢可大不一樣。她站在高大的牧師面前，兩手手指在背後交叉，很想掌握命運。她不知該回答什麼，感覺自己滿臉通紅，又很羞恥地怕被發現。

甄試是在次日，在城市另一邊的Jericho唱片公司舉行。香洙搭地鐵過去，在建築大門口看見藍道爾牧師和一小群人在一起。一個穿著高雅、有點目中無人的女人領著她到錄音室。經過藍道爾同意，他們選擇了一首英文歌，一首她不太熟悉，但曾在收音機裡聽過的聖歌。歌詞是：

萬王之王
喔如此受到詠讚
是天上的榮耀
〔……〕
我在這裡敬拜
屈膝向你跪拜……[7]

香洙吸口氣，挺起胸，開始用她稍顯低沉的嗓音唱，沒有配樂地清唱，之後她陷入音樂的韻律，邊搖擺邊唱，閉著眼睛，就像她在教堂舞台上對著一群人高歌。

我在這裡敬拜
屈膝向你跪拜……

當她唱完，睜開眼睛，那些技術人員、那個高雅女人、甚至藍道爾都看著她，從他們的眼光中，她知道自己中選了。她發抖著，發抖得即使簽完合約之後，仍必須撐著牧師的手臂才能離開。這就好像在一個新的世界、在一個新的太陽下重生，她迫不及待把消息告訴奶奶，但奶奶一聽到簽了合約，完

7 原文注：King of all days/Oh so highly exalted/Glorious in Heaven above/Here I am to worship/Here I am to bow down…

全不同意：

「一個十六歲的女孩能簽什麼文件？真可笑，撕掉合約，休要再去想。」

接下來的幾個星期，對香洙來說很難熬。她不敢哀求奶奶，但當歌星的新生活，日夜在她腦中縈繞，尤其是夜裡，讓她昏頭轉向。

藍道爾牧師決定改變嚴格老奶奶的看法。「這是為了宗教，不是為了娛樂，」他說：「這是上天賜予的禮物，沒有人有資格取消它。」到最後，奶奶終於讓步，香洙可以繼續每星期去一、兩次錄音室，前提是不妨礙她在教會的義務和學校課業。那一天，牧師把香洙叫到辦公室，跟她宣布這個好消息。那是週間裡的一天，還不到中午，教會裡都沒人。香洙心怦怦跳地前往，因為牧師顯然已經透露，這事似乎已得到奶奶的同意，她可以去錄音室，成為Jericho唱片公司的歌星。但她沒預料到的，是這個男人佈下的陷阱。

「靠過來，年輕女孩」，她一進門，藍道爾就說。辦公室被午間陽光曬得很熱，紅色窗簾拉下，屋裡籠罩著一股刺激的暗影，在關著的教堂、一片肅靜之中。香洙聽到自己胸口的心跳聲，雙手不安地在背後交疊著。「靠過來，妳不必怕我，我們認識很久了，不是嗎？」

他為什麼講話的聲音這麼奇怪呢，既和每個星期日向信徒佈道的洪亮聲音不同，也不像他唱聖歌時特別強調a和o、把tch和kkk加強發音那種有點糖漿似的溫柔聲音，而是一種有點尖銳的輕噓聲，從齒間噓出，好像在輕聲細語說什麼秘密。香洙聽著他說話，但一動也沒法動，尤其不敢依照牧師要求靠近辦公桌，也不敢後退，感覺腳固定在地上，被螺絲釘栓在辦公室的地板上，她就這樣站著，幾乎不敢呼吸，眼睛垂著，等待著無法避免將要發生的事，像一場惡夢。

「香洙，香洙，我無時無刻不在想妳，妳是我的、擁有美腿的年輕美眉，照亮我夜晚的女孩，妳可知道？」

藍道爾牧師沒離開辦公桌，他高大的身軀往前傾，慢慢從椅子上滑出，離香洙只剩幾公分距離，這是她不敢看但感受到的，這個平日如此僵硬、如此冷峻的男人似乎變成像一條蛇，在桌面彎曲滑動，臉湊近她肚子、胸部，他繼續說話時，她感覺到呼吸的熱氣撲到她洋裝、胸衣上，她聽不見他說了什麼，只聽見輕聲重複的幾個字，重複著她的名字，低沉的聲音，持續不停止，接著是嘆息聲、沉寂。

「……美腿，美腿……」，那聲音說著，香洙不知道他到底是不是在跟她說話，說的是不是她的腿、她的身體。現在她看著他，看到他光禿的額頭和濃亂的眉毛滲出一顆顆小汗珠，看到有點灰皺的眼皮，以及身體其他部分，皺在頸處的白襯衫，撐在桌上的手臂，伸往前的手像兩隻充滿肌肉的陰險動物，手上爬滿樹枝形狀的靜脈。這兩隻手抓著她的腿，緩緩往上，朝向禁忌地帶。

我停下來，看著莎樂美，她的頭歪著，像脖子已無力支撐，她的面如土色，眼睛緊閉著。當我停下片刻時，她張開眼睛看著我，我看不出她的眼神的訊息代表什麼，害怕，或是氣憤，她是怎麼想的呢？或許以為我會講美好的童話故事，編造一個藍色世界和公主嗎？以前美京姑姑（Mi-Kyeong）邊摸著我的頭髮，邊講述那些食屍體和吸活人血的女鬼、獸人、鬼（guishin）、巫婆的故事，令我感受到一股美妙的顫慄，就像從一扇禁止的門窺探到另一個陰森、受詛咒的世界，而且就在生命表層的旁邊，伸手就觸摸得到，這是我想給莎樂美的感受。

「請講下去吧，Onni！」

莎樂美用我以前對美京姑姑的小孩哀求的聲音，她叫我Onni，姊姊，我突然明瞭她由依賴我的話語和編織的夢，變成了我妹妹，我一手創造的人！不知為什麼，這個本應讓我感到滿足的發現卻讓我慌亂不安，令我昏頭轉向。我們的角色一下子換了過來，我本是服侍她的人、受她雇用、領取上面印著莊嚴老太太的五萬紙鈔的人，現在卻成了她的主人，她必須透過幽轉的想像力、盲目跟隨的人，並隨著我的話語和心意起舞，包括能延續她生命、延後她死亡的精氣，繼續或中斷它的能力，都握在我手裡。

天光在垂下的紅色窗簾上漸漸黯淡，莎樂美已不能再直視陽光，窗簾必須一直垂掛著。在她抱怨白日的天光直射眼底的時候，我去梨大時尚街上的藥房，幫她買了一副淺藍色鏡片的眼鏡，她試戴了之後就放在身旁的桌子上，現在已經不見了。她什麼也沒說，但我明白她不想改裝、改變，她想獨自面對問題。

那天在藍道爾牧師辦公室裡發生的事，是香洙墜落的開端。她對誰都沒說，尤其沒跟奶奶說，但她突然就不再去教堂了，也沒任何解釋。當奶奶跟她說：「香洙，老天爺啊，妳的位置是在唱詩班」，她沒回答，眼睛轉開，眼神裡有某種悲傷和封閉，讓奶奶無法堅持下去。之後她開始和一群搞音樂的來往，是一些年紀比她大的男孩，晚上在俱樂部裡演奏搖滾樂，她成了他們樂團的主唱。彈中音吉他的一個叫做崔大衛（David Choi）的高大男生對她說：「加入樂團，妳得取個名字。」她覺得很好，因為不想再保留小女孩時的名字，她選了一個昆蟲的名字：娜比（蝴蝶）。她本想取「瓢蟲」這個名字，喜歡這身上長著紅點的小昆蟲，有時候會停在她手上，然後又直衝上天，好像要執行什麼神秘任務。娜比的音節比較短，而且她再細想，瓢蟲太脆弱，輕易就被蜘蛛網逮住，而「蜘蛛」剛好是香洙最喜歡的女歌手的藝名。因此，從現在開始，她就叫做娜比。

我講得累了，莎樂美也聽得累了，我看見她眼睛垂下，眼皮呈灰色。這次我們沒喝茶，我沒力氣煮水、等水開，或把熱水注入薩拉姆茶壺裡的茶包。或許娜比的故事讓我們筋疲力盡，或許這是一個我們不想聽到結尾的故事。

我沒說再見就離開，也沒和坐在廚房裡、忙著按手機的護士打招呼。或許這一切太命定，沒有任何希望？那就像莎樂美的生命，僅剩的生命。我那位為了完成流行病理學學位、在永澤醫院當實習醫生的朋友佑莉，她跟我提到「複雜性局部疼痛症候群」，也就是莎樂美患的病，這是個不治之症，也無法被理解，會逐一關閉官能，就像一朵緩緩凋謝的花朵。身體所有的功能一天接一天、隨著一個接一個無眠的夜漸漸消失，只除了頭腦、想像力、憂慮、對幸福的渴望、記恨、忌妒、邪惡的算計。到最後，會變成像一艘迷失在宇宙裡的太空梭，頭腦已無法控制，但對衰退消亡的進程還存有意識。佑莉說：「這不是一個病，碧娜，這是個惡咒。」她用的這個詞讓我驚訝，但能體會。佑莉是我們所稱的末世聖徒教會基督徒，當然知道約伯（Job）接受試煉，睡在堆肥上，滿身毒瘡、痛苦不堪，這是上帝的旨意。我知道在上帝之前要謙卑，要知道我們微小如塵，不可有反抗之心，要視死如歸。但我比較是佛教徒，儘管我不相信輪迴，但相信人生是一汪海洋，我們都沉浮其中，死亡帶領我們朝向一個未知的形象。我也相信我們每個人都互有關聯，孩子和父母、長輩和晚輩、所有那些尚未來到世上的，也都和現在活著的人有關，也向已經過世的人伸出手……

「Onni，我好怕妳從此就不來了呢……」

莎樂美試著從扶手椅上坐正，背上的靠墊滑落，想撿回靠墊的時候，儘管颱風過後天氣窒熱，她還是蓋著蘇格蘭毛毯在膝上，但毛毯又因此滑落。我看見她的腿，兩條蒼白瘦弱的下肢往身子靠攏，像夾緊隱形馬背朝前衝的牛仔。我輕輕把毛毯蓋回去，像個姐姐，我看到莎樂美的手從扶手上舉起，摸著我的臉龐，輕撫著我的頭髮。

「娜比的故事快點結束吧，因為太悲傷了！」

她用佯裝開心的語氣說，但她聲音裡仍透露出擔憂。

我用同樣的語氣說：「是啊，結束這個故事吧，之後再結束菜鳥謀殺者的故事，我就可以開始講兩隻龍的故事了。」

莎樂美在心中拍著手：

「好啊，好啊，求你了，我好喜歡奇幻故事！」

是莎樂美訓斥了護士嗎？王護士（她的姓是國王的王喔）端著托盤進客廳，上面擺著薩拉姆茶壺、茶杯、和在「Tous les jours」（連鎖麵包店）買的餅乾。莎樂美怎麼知道我因為沒錢，從昨晚開始就什麼都沒吃呢？或許，以她對折磨的熟悉，明白我今天前來要結束昨天開始的故事，也是為了用故事換取那些嶄新的、白花花的五萬元鈔票。

娜比現在過著和以前截然不同的生活。她沒告知奶奶就離開了家，從一樓的窗戶攀爬出來，站在大街上，身上沒行李，也沒錢。她把自己安頓在男孩子們的錄音室裡，是崔大衛讓她來住的，位於城南一棟大樓的地下室，在教育大學（Gyodae）地鐵站附近小街上，男孩們幫她買了張折疊床墊，把家具和錄音器材推到牆邊，房間外面上半層樓有洗臉台和廁所，這裡溫暖、安靜，像一個蠶繭。

每天晚上，當娜比醒來，男孩子們也來了，他們彈奏各自的樂器，娜比唱著他們創作的歌曲，之後，她也開始寫歌詞、譜曲，現在換成他們演奏她編寫的歌曲。這段時間是她一生中最歡喜的時光，歌聲和音樂充滿著小錄音室，在牆壁和天花板之間碰撞，想要飛奔出去，她開口唱出歌詞，時而高亢、時而低沉沙啞。崔大衛跟娜比說，她的聲音低沉、性感，希望她唱歌時稍微擺動身體，一般搖滾女歌手都是這麼做的，但是娜比決定一動也不動，她站得直挺，牛仔褲和白襯衫就是她的制服，現在男孩們也採用這個服裝，換下他們的短褲百慕達褲、花色T恤，改穿黑牛仔褲和長袖白襯衫。他們也改了藝名，不再叫「羅馬教士」、「幸運者」、「內部者」，甚至不叫「黑牛仔白襯衫」，他們就叫NABI，他們和她取一樣的名字，為她彈奏，為她而活。

莎樂美喜歡故事中的這一段，眼睛發出光芒，困難地牽出一抹微笑，可以看出她試著想像那間小錄音室，爆發的音樂，電音鼓撞擊牆壁的聲音，還有小香洙一動也不動地站在中央，黑色頭髮在天花板上光禿的電燈泡下閃耀，但比音樂還要強勁的是她低沉的歌聲散發出的字句，散落的字句，自由的字句，比行動還強力的字句，比死亡還強力的字句……

之後，一切對NABI樂團，對娜比來說，都進行得非常快速。

唱片公司女歌手的傳說在網上廣為流傳，男孩們抓住這個契機，聯絡巡迴演唱的經紀人、安排江南區俱樂部私人演唱會、公開慶典表演、新村地鐵站和仁川前的商場前架起的表演場。一個攝影師對她感到興趣，是個有點年紀的男人，他有點離經叛道的特質，擁有在汝矣島一個叫做「地下珍珠」的錄音室。為了她，他把錄音室改成一個大鳥籠（當然是來自娜比〈蝴蝶〉的靈感），各色鳥類、甚至還有蝴蝶，在種植於大花盆裡的木蘭樹間自由飛舞。娜比從來沒想像過這樣的景象，就像醒著的夢，攝影師南佶（Nam Gil）拍的照片也令人驚訝，她的臉放大到一面牆壁這麼大，睜大瞳孔的眼睛像一汪深色的海洋——為了讓瞳孔放大，他給香洙喝一個怪異的東西，一種紅色曼陀羅花的煎劑，然後她的夢就會在拍照之後還繼續持續……但是南佶是個溫柔的人，肥肥軟軟地像隻大貓，或像隻大毛毛熊，娜比可以窩在他懷裡睡一整個下午，他會在她耳邊輕聲、溫柔細語。在和美京姑姑晚上窩在一起聽的巫婆和狼人的故事之後，她已經很久沒有這樣溫暖的時光了。

莎樂美專心聽著每個字，好像這是她的故事。她應該知道我不是編造的。我從不會編故事，只是換換名字、想像一些地方。但她當然不會知道我也有個姑姑叫做美京，這姑姑可是嚇小孩的能手。

她問：

「這個攝影師，南佶，是好人嗎？」

「不是，」我回答：「他是隻狼，跟其他人一樣，跟藍道爾一樣，娜比是個獵物，就像追蹤者的目標。大家都知道《聖經》裡的話，就像一隻羊羔丟進狼群裡啊，這是她的命。就因為這樣，奶奶不肯讓她離開教會投入歌唱事業，奶奶太知道她將面對的會是什麼，但又不能擋著她，娜比既然選擇了，就必須走到最後。」

我想莎樂美聽到最後那句話顫抖了。我知道，對她來說，這些故事不僅是單純的故事，而是震撼她的感覺，燒灼著她的皮膚，尖刺著她的關節，炙燒著她的眼瞼。她想要這樣的感覺，但又覺得疼痛，覺得害怕。我似乎隔著她的手臂、皮膚，就能聽到她心跳的聲音，從她後仰的頸部、喉頭就能看出她的心跳悸動。但是無論如何，我必須繼續下去，雖然我敘述的每一個故事，都一點一滴剝奪了莎樂美的生命。

就這樣，香洙以娜比的藝名成名了，也成了攝影師南信的情婦。這讓那些男孩們很不高興，因為他們三個都愛上了她，儘管他們彼此最多也只是在兩次演唱會之間調調情，她有時和一個，有時和另一個，也有時和他們三個一起，在夜店裡那像熱旋暴風一樣的聚光燈下。和南信在一起則比較平靜，第一次親密是發生在他的工作室裡，在攀爬的植物和群鳥之間，他解開她的胸衣，親吻她的胸部，然後輕緩地做愛，她沒有達到高潮，但喜歡依著他的身體，喜歡他皮膚上麝香的氣味，他解開的長髮遮住臉。之後，娜比的相片出現在雜誌上，先是在首爾，然後在美國，上了*Vogue*時尚雜誌、*Esquire*君子雜誌、富比世雜誌，很快地擴展到世界各地，墨西哥、英國、法國。現在，演唱會不必再爭取「黃金時段」，而是各界爭相邀請，她是主秀，也是海報上號召的要角，南佶辭去演唱會經紀人工作，自己成了娜比的製作人、保護人、也或許是利用她作為搖錢樹——在男孩們眼中是這樣，他們很快也被辭退，每次演唱會，南佶會另外選擇樂手，不再是像他們這種業餘者、孩子，而是受過訓練、有名的真正樂手；音效技術人員也都是曾在洛杉磯、紐約工作過的，而不是在新村小地下室，用蛋盒當隔音設備的半調子。

現在，也不再是娜比自己寫歌了，她想試著堅持自己創作，但是南佶毫不通融：

「娜比baby，」，他從不大聲說話，向來輕聲細語，他摸著她頭髮，像他的哥哥而非情人：「我知道什麼對妳最好，搖籃時期已經結束，現在妳應該開始真正的人生，妳成了大歌星，要在世界各地巡演，要在倫敦、紐約、東京吸引爆滿的人潮，在這裡，所有人都追隨妳，所有人都愛妳，對妳這個沒有媽媽、在教堂裡唱歌、受虐待和歧視的孩子，或為了躲避不幸而逃離家庭的孩子，這是出了多大一口氣啊。」

他說著說著，香洙感覺眼淚溢出眼眶，流下臉頰。這是她第一次感受深植內心、堵在喉頭、絞在肚裡的悲傷。南信溫柔的聲音鑽進她的身體，將心內的結一個個解開，解放她記憶裡和眼皮下的淚水。

攝影師說的沒錯：現在香洙一刻也不得閒，每天準備巡迴演唱的歌曲、錄製CD、上電台採訪、錄電視節目。她也不能再像以前一樣隨便找地方住，南信幫她找了間公寓，在離漢江不遠的一棟大樓十三樓，粗略地放置了一些家具，床墊、塑膠沙發、一個大電視螢幕。這棟大樓的好處就是位置隱密，住戶誰也不管誰，入口處有密碼，尤其還有個警衛，是個退休警員，可驅趕非住戶或好奇闖入的人。警衛立刻對娜比產生友誼，在她進出時，都向她客氣問好，她也以一個甜美的微笑回答。她在生命中第一次感到自由，內在有音樂滋潤，外在有攝影師的呵護。她覺得自己像隻寵物，一個溫柔夢幻的洋娃娃，有時候她坐在大窗戶前的床墊上，好幾個鐘頭只看著遠處波光粼粼的河水。有時也回想起從前，懷念過往的時日，尤其是和三個男孩共度的時光。她很少有他們的消息，有幾次他們等在演唱會出口，和一堆歇斯底里的小女生歌迷一起站在人行道上，也聽著她們在娜比走過時興奮的尖叫聲。他們試著跟她說話，但被保鑣擋開，攝影師挽著她走向停在人行道旁的大禮車。他們要跟她說什麼呢？她一點都猜不到，但這讓她心口一緊，他們好像是她過去生命的使者，彷彿他們知道她未知的某件事，就像他們想告知她即將到來的危險。

她有一次和南信提到這件事，他粗暴地揮揮手，想驅走她這個念頭：「不要想這些，娜比，他們毫不重要，我甚至要說，他們是忌妒妳的成功、妳的錢，想分一杯羹，我知道他們想找律師討回權益，所以我讓妳不要再唱以前的歌曲，他們貪婪得很，想吸乾妳的血！」這個消息令娜比非常難過，她不敢相信曾經幫助她、之前對她如此和善的男孩們，幾年之間會變成這樣。突然間，她覺得自己的生命好孤單，儘管巡迴演唱總是吸引大批歌迷，儘管一天到晚和記者、製作人見面，還有南佶經常送貼心的小禮物。唯一和她保持人和人之間正常關係的，是大樓警衛，他就住在大樓入口樓梯下的一個小房間裡。她不知道他的名字，但有時候只要她有空閒，會在傍晚時下樓，和他聊聊天，他對她敘述他的人生、戰後的人生，也談起他媽媽在砲彈下背著他游過漢江，他甚至還拿了一張在網路上找到的照片給她看，是一個美國士兵照的。照片上是一個年輕女人，衣衫襤褸像個乞丐，腳下放了幾個裝著破衣服的包袱，背上用大包巾綁著一個嬰孩，嬰兒因飢餓和恐懼，眼睛睜得大大的，剃著光頭，髒兮兮的鼻子拖著鼻涕，塵土把嘴巴沾得黑黑的。「這就是我和媽媽，我們穿過38度線，來到了南邊。」腳下的包袱上還綁著一個戳了洞的小袋子，裡面裝著兩隻信鴿，但他沒跟她說這個。

年輕婦女的背後，是一片戰火摧毀的景象，砲彈留下的坑洞。還有那條江，娜比一看就認出來。她不敢確定大樓警衛所說的是否是真正發生的事，照片上到底是不是他和他媽媽，但這已經讓她很震撼，一想到此，眼睛就噙滿淚水，因為這讓她想到自己的母親，在她還是嬰孩時，她母親就拋棄了她，跟一個男人跑了。

莎樂美傾聽著，或許她也感動了，因為她自己的人生也有點像這樣，她的父母為了逃避不治之症，決定把一切家產留給女兒，並雙雙自殺——而這個病現在到了她身上，死亡就在眼前，迫近的未來。

另外一個人進入了娜比的生命。有一天，南佶把她介紹給娜比，她叫金尤美（Kim Yu-Mi），二十三歲，臉有點長，有一頭非常直的黑髮垂到胸前。她是娜比的經紀人，接洽和媒體的會面、安排每天日程。她說話輕聲細語，稍帶羞怯，對人總是保持一段距離，只待在南佶身後。很快地，她變成娜比不可或缺的人，也是她和世界之間唯一的橋樑。她也成為娜比的朋友。在兩場演唱會之間的閒暇時間，她經常陪著娜比，去餐廳吃飯或購物。她的話不多，剛開始都稱呼娜比前輩，好像娜比真的比她年長很多似的。娜比抗議說：「妳要的話就叫我姊姊吧，我不是妳的主人啊。」為了讓她放鬆，娜比直接稱呼她妹妹，但是金尤美盡了最大的努力，還是回稱她香洙小姐。有了她，娜比的生活改變了，不再久久坐在床上看著窗外。她等著尤美的電話，一起搭計程車去商場，或是去弘大附近的小商店吃小吃，甚至有幾次晚上一起去舞廳聽嘻哈歌曲。那陣子，娜比得知奶奶病得很重。她很多年沒和奶奶相見，老奶奶完全不接受香洙選擇的這條生命之路，每次她想和奶奶聯絡都吃閉門羹。從一個表姊那兒聽到的消息，讓她多少感到欣慰——藍道爾牧師的醜聞終於爆發，他性侵唱詩班的一個小女孩，假面具被揭穿，即使女孩的父母並沒有告上法院（當然是受到社群壓力），但那個噁心的壞人被遠遠派到不知是西非或越南了，再也沒人知道他的下落。他那體型巨大的太太也和他離了婚，另嫁了個老公，一切都恢復了秩序。但是香洙有種被遺棄、被排除在外的苦澀，好像做錯的人是她似的。因此，奶奶傳訊息想跟她見個面時，她一點都沒猶豫。南信和尤美負責安排，但沒事先知會娜比，要把這次相會造勢成媒體的轟動事件。先在教堂舉辦演唱會，唱些聖歌、靈修歌曲之類，在場的不只有信徒，還有精心篩選的媒體攝影。

那次盛會是在接近耶誕節的一個冬季晚上。城市裡下著雪，節慶的燈籠已經掛起，還有耶誕樹、禮物，教堂內的植物也掛滿裝飾圓球，擠滿了人。娜比站上舞台，是以前她穿著直筒洋裝或膝蓋破洞的牛仔褲和球鞋所站的地方。為了這次盛會，南佶替她挑選了一件紅色緊身洋裝，搭配一雙花不啷噹的高跟鞋。娜比注意到第一排有個空位，不知是誰的位子，這才看見奶奶由兩位婦人攙著走進來。老太太穿著一身黑，頭髮燙著小卷子像戴著假髮似的，妝化得很仔細，以便遮蓋蒼白的臉色。她慢慢走到座位，坐得直挺挺，看著香洙。這是個告別的眼神，但老太太沒顯露任何情感，沒有微笑，眼神直戳到孫女的眼底。娜比像以前那樣，唱歌時幾乎動都沒動，直挺著背樑，她先是清唱，之後樂手們開始彈起吉他，鼓手開始敲起鼓，聽眾整個沸騰起來，一齊唱著「**我在這裡敬拜，屈膝向你跪拜**」，隨著娜比的歌聲韻律拍手，到最後，一陣長時間的寂靜之後，娜比以低沉、有點沙啞的嗓音，緩緩唱起《阿里郎》的時候，聽眾的熱情如排山倒海而來。

這就是那天的情況，並沒有奶奶和孫女相見的場景，南佶一絲不苟地交代：「妳唱完就下舞台，從後門出去，尤美會在那裡接妳。」連對奶奶解釋都不必，因為最後一個音節剛唱完，老太太就從座位上起身，由兩位護士攙扶走出去，頭也沒回地離開了。「她若要見妳的話，自然知道怎麼找到妳。」但是很顯然奶奶並沒有釋懷，耶誕節的那場會面並無下文。接近二月份的時候，香洙從電話留言得知，奶奶因腦溢血過世了。她自己也很訝異她並沒有什麼特殊的感覺，只覺得有一種震耳欲聾的空虛，就好像上次在教堂的演唱不停縈繞在腦中。

也是在那個冬季，香洙知道尤美——她以為是朋友、稱她為「妹妹」的尤美，成了攝影師的情人。銀行通知她，她的帳戶空了，她已身無分文。她住的公寓已經欠繳六個多月的房租，作為屋主的銀行下了驅逐令。冬季末尾，四月份，香洙就得搬家。她沒地方可去，想到必須面對現實，她實在嚇壞了。過去五年來，她活得就像個機器人，演唱會上喧囂的聲音、每次和不同樂手的練唱，還有尤美愈來愈稀少的來訪，她現在知道是為什麼了。至於南信呢，他一直都這麼溫柔殷勤，他們甚至會在空空如也的公寓裡做愛，然後他急著走，好像忙著去赴公事約，或只是回家報到。有一次，他甚至左臉頰上留了長長一道被指甲抓的傷口，他說是野貓抓的，但娜比知道是尤美幹的，在情人臉上烙下一道痕，好讓真相曝光。這一切在她腦袋裡轉來轉去，像一隻鋸子，發出忌妒和蔑視的刺耳聲音，甚至比她為能入睡而喝的一瓶瓶燒酒，還更讓她難受。與尤美與南信的背叛同時到來的，是娜比受歡迎的程度也開始走下坡。媒體對她失去興趣，找到另一個追捧的對象，一個更年輕的搖滾歌星，超短熱褲、破爛成條的外套，頭髮染成紅色，叫做「紅髮安妮」（來自於卡通《清秀佳人》）！娜比的生命漸漸沉寂。她現在鮮少出門，蜷縮在窗戶前，或是夢想著自己會飛，直飛越過山脈，到達很久以前曹先生和他媽媽來自的那個國家，他說有一朝會回去的地方。而今只有大樓警衛每天會來一次，帶來吃的東西給她，不是什麼大餐，只是他自己洋鐵盒午餐分出的一部分，米飯、泡菜、牛骨湯、一塊鹹魚乾。他知道娜比不想說話，把飯盒放在門口，按了電鈴就走。這是她生活中唯一和人有接觸的時刻。

這是故事的結局，她知道，就算我想要改變這個結尾，也做不到。莎樂美身體微微前傾，脖子的筋拉得很緊，我看見她的頸部兩側，皮膚的靜脈血液脈動著。

「繼續說下去，麻煩妳，碧娜。不要讓著個故事又缺了結局。我想知道娜比所有的事，我需要這個，妳懂嗎？」

這不是她付不付我錢的問題，如果事情可以重來，我可以把她那些五萬元鈔票還給她，忘掉過去這幾個月幫我買吃的、付房租的票面上那個金光閃閃的老女士有點勉強的微笑，我會毫不猶豫這麼做的。

「麻煩妳，麻煩妳！」莎樂美用任性小女孩傻傻的鼻音重複著，身體一邊前後擺動，這讓她費盡了全力，緊抓著輪椅扶手的手指都變白了。

那是發生在拂曉的事。對受苦的人來說，拂曉是最困難的時刻，因為他們一點都還沒休息到，黑夜就已讓給白晝。香洙走到小廚房，更正確地說是坐在地上移動著到了小廚房，兩腿依攏在身上，或許是酒精和藥物令她站不起來，也或許她不想在窗戶上、客廳櫃子上的鏡子裡、暗著的電視螢幕上看到自己的身影。她手裡拿著一個她之前從沒想到的東西——一個金屬衣架，那種從洗衣店領回來，洗好燙好、扣子整齊扣到領口、掛著洋裝的衣架。衣架刮著廚房地板，發出令人不舒服的刺耳聲音，樓下女鄰居可能又要抱怨了，因為她一天到晚抱怨樓上所發出的聲音，高跟鞋、碗槽裡碗盤的碰撞聲，或是猛一坐下沙發所發出磕的聲響。娜比想拎起衣架，但手臂無力，金屬衣架掉下地，反而發出更大聲音。聽說人死的時候並不感覺痛苦，反而恰恰相反，喉嚨中甜柔如蜜，像一股香氣、輕煙充滿胸中一般，令人迷醉，頭腦底部一扇門打開，像通往天堂的入口。之後，靈魂從皮膚每個毛孔、眼睛、耳朵、頭髮、鼻孔掙脫出，在風中吹散，在海波中雲遊，穿過長滿金茅草的平原，飄散在蓮花葉片上，飛翔在和龍一樣輕盈的雲朵之間，一直到它遇到一個可以融合的形體，一個活生生的形體，一根草、一棵樹、一隻螢火蟲，或者一隻貓。

「喔，我懂了，就是那隻到美髮店去的貓，是Kitty！」莎樂美變成了小女孩，臉上的微笑容光煥發，或許身體上的痛楚暫時停止了。

我不知道為什麼她的開心令我如此心痛。我猛地站起來，結束這田園詩歌般的美麗謊言。

不是的，莎樂美，死亡很醜陋。幾天之後，曹先生看到放在緊閉的門口的飯菜都沒有動，開始招來蚊蠅，他進到公寓裡，聞到味道，便明白了。他拿著警衛備用鑰匙打開門，心中懷著恐懼。但他是警員，所以往前進到寂靜的小公寓裡，看到娜比的身體吊掛在廚房窗戶上，脖子上嵌著絞成繩索狀的鐵絲，深陷入肉裡。他輕輕把已經冰冷僵硬的軀體解下，放平在廚房磁磚地上。他就像怕吵醒娜比似地低聲說：「為什麼？為什麼？」

我沒說再見就離開，也沒和待在飯廳裡的王小姐打招呼。我想我很快就能解脫，不必再說故事了，我可以開始為我自己活，活在這個唯一重要的，是「現在」和「活人世界」的大城市裡。

講給莎樂美聽的兩條龍的故事，二〇一六年十月底

「這是個不算故事的故事，」我是這樣開始的。莎樂美用興奮的眼神看著我。「但是，敘述一個故事，怎麼能不是故事呢？」

「因為是真實發生的事，」莎樂美回答。

「是，當然，但是如果妳不相信的話，真實也可以是謊言，而我如果能把故事說得好，謊話也會像真的一樣。」

「到底是什麼故事呢？」

「好啦，我要說囉。妳首先要知道的是，這個故事裡的人物是不存在的。」

「因為是妳編造的？」

我在拖延時間。我想讓她知道沒有任何東西是編造、甚至存在的。我希望這

只是幫助活下去的一個曲調，一個輕盈的曲調，一個沒有歌詞的曲調，像從對街開的窗、王護士坐的飯廳、開著的門，吹進來拂在她臉上的一陣風。

「我已經跟妳說過，我什麼都沒編造。所以故事的兩個主角是兩條龍，北龍和南龍。牠們真實存在，這一點妳可以確定，但是沒有人能看見。我不會嘗試跟妳描述牠們的樣子，因為牠們是隱形的，就像雲，就像海面上反射的光，就像妳聽到卻看不見的雨滴。」

「那我怎能確定牠們存在呢？」

「因為牠們很古老，比妳和我古老，牠們一直都存在，比這個城市、這個國家都更早存在，因為我們，妳和我，都只存在世界歷史當中的一瞬間，但牠們呢，這兩條沉睡的龍從一開始就存在了。」

莎樂美閉上眼睛，頭枕在輪椅仰斜的椅背上，兩隻手平放在扶手上。她任由自己進入夢中，像在沉睡之中。

「妳記得我跟妳說的小娜奧美的故事嗎，老河娜在育幼院門口撿到的嬰孩？」

「記得，那個故事沒有結尾，不是嗎？」

「沒有結尾，」我說：「那個故事還在進行。」

「那告訴我她怎麼了，她和首爾那兩條龍又有什麼關聯？」

在開始說故事之前，我還不知道會怎樣進行，但現在一切都顯得比較明朗，每個故事都互有連繫，就像搭同一班地鐵、坐在同一個車廂的人，自己都沒猜想到有一天彼此會相遇——在首爾這個大都市的某個角落。

「她漸漸長大，成了一個非常有意思的小女孩，或許是因為她沒有父母吧。」

「像我一樣」，莎樂美低聲說。

雖然她很愛河娜，但從沒叫過她媽媽。她看起來是個正常的孩子，有時候任性、有時候悲傷大哭，但是收養她的河娜媽媽漸漸發現她擁有別的孩子沒有的天賦能力。她能看見別人都看不見的東西。那個時候，老河娜已經不在育幼院工作，因為她覺得上夜班很疲憊，也或許她擔心大家發現是她帶走了嬰兒。那裡有那麼多的嬰孩呢！每個月一來就是十個、十幾個，愈來愈難幫他們找到領養家庭，尤其是那些先天殘疾，生來眼盲、白化症、蒙古症的孩子。因而娜奧美不見了，並沒有引起太大注意。日班護士問她的時候，河娜堅定地扯謊說：

「當然囉，她被領養了。」

「什麼時候的事？」

「上星期，是很不錯的人家，在政府部門任職，住在南山。他們簽署了文件，甚至還給育幼院捐了款。」

捐款，這個字消抹一切疑慮。但是河娜從孤兒幼院辭職後，還是更換了住址，以免他們又來問其他的問題。為了養育小娜奧美，她重拾以前的活計，在鐘路區一家位在地下室的家常小餐廳當廚娘。娜奧美上社區裡的小學，已經學會讀和寫、還有唱歌。她唱兒歌——有的是英文兒歌——聲音很棒。但她所擁有的祕密天賦在某一天開始出現，那天她和養母河娜到鐘路區上方的丘陵散步。她爬上一棵樹，一棵長在陡峭岩石下孤單單的大樹：

「有個女人在看著我們。」

老河娜睜大眼睛。

「在哪裡？我什麼都沒看見。」

娜奧美堅持說著：

「有啊，妳看，她穿著白衣服，人很漂亮。她在微笑。」

河娜把這幻覺歸因於太過孤獨的小女孩的胡思亂想。這件事她沒和任何人說起。為了讓她別胡思亂想，她讓娜奧美參加課後的合唱班。另外一次，她們從合唱班回家，走在路上，娜奧美說起天上飛的鳥，好多好多鳥，在天上轉著大圈圈，沒發出聲音，只有羽毛在風中的響聲。然而，清朗無雲的天空上，什麼都沒有，連一隻飛燕、一架飛機都沒有。河娜因而明白，娜奧美是一個不同的孩子，能看見其他人所看不見的。既然有這個天賦，河娜認為她應該認識神。她帶娜奧美到城市高處的奉元寺（Bongwonsa）。那是個初冬晴朗的一天，樹都枯了，計程車載她們到寺廟入口，她們走入廟前的小路，路旁兩排神祇塑像，河娜彎身拜了好幾次，娜奧美也跟著照做。她們一起點上香，插在裝滿白灰的陶製香爐裡。之後她們一路走下到公車站，回到她們住的東大站。「妳在廟裡看到什麼？」稍後河娜問她——她想像娜奧美受到神的保佑，應該整個人煥然一新，充滿喜樂。娜奧美只抱怨走得腳疼。河娜心想或許這不是她的神，她說不定出生就是基督徒，她的身世沒有人知道。河娜就把她帶到明洞的教堂，那是位於鬧區中一棟磚造大建築，四周都是電影院、披薩小店、咖啡廳。但是娜奧美也不喜歡，甚至抱怨說：

「這裡陰陰暗暗的！為什麼大家都看起來這麼悲傷呢？」

老河娜非常錯愕。「如果娜奧美既不是佛教徒也不是基督教徒，會是什麼呢？」一個星期六，娜奧美不必上學，河娜帶她到一個地方。那是市區的另外一頭，梧義洞（Wooi-dong）公車站周圍的小巷子裡。在一個像修車廠的地方，一個有點像男人婆的高大女人在刀劍上跳舞。她身穿好幾件袍子，轉著圈子一邊跳，一邊一件件脫掉。她腳穿白紅色美國牌子大球鞋，手腕上的銅製手環叮叮作響。在場攜老扶幼的家庭們在地上放置供品，酒、水果、香菸、半開著的白信封裡塞著錢。河娜也準備了點錢，她想讓女兒上前，讓女人幫她招福。娜奧美躲在後面，不肯向前，把臉藏在河娜的裙子裡。

「別怕，來，把妳的信封給她！」

但是娜奧美不肯靠近，小手裡捏著皺巴巴的信封，不肯放手。女人繼續旋轉跳著舞，每轉一圈就看一眼娜奧美，帶著生氣和嘲諷的神情，嘴裡吐著沒人聽得懂的字眼，聲音時而低沉，時而高尖，手裡敲著一個小鼓。脫下的袍子落在她周身地上，映照著霓虹燈，呈現出詭異的形狀。河娜明白娜奧美的態度影響到她進行的儀式，旁邊的人是為了保佑兒子考進國立大學來招福請願的，他們不滿地瞪著她們，擔心破壞了儀式。之後她們低著頭快步離開，在回東大的地鐵上，小女兒生氣地盯著她，河娜覺得自己做錯了。娜奧美後來問：「我們為什麼要去看那個兇惡的女人？」河娜無言以對。

就是在那段時間，娜奧美開始提起龍的事。

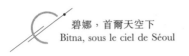

我停頓了一會兒。莎樂美用夢幻的聲音說：「我是龍年出生的，這妳知道嗎？」

她從未跟我提到她的年紀，但我很快算了一下：

「那就是一九七七年囉。」

莎樂美：「一九七七年二月一日。」

那麼她三十九歲，以韓國人的算法，差不多四十了。我第一次敢問她這個問題：

「妳父母為什麼給妳取莎樂美這個名字？這是一個妓女的名字，不是嗎？」

我用的是英文bitch這個字，因為神話、《聖經》裡這個爭議的人物，適用的就是這個字。

莎樂美突然發火，針鋒相對地回嗆我說：「不是，這名字是我自己選的，因為我最想的，就是成為一個會跳舞的女人！莎樂美舞跳得很好，男人們——只有她叔叔除外——都想擁有她，但這些想擁有她的人，忌妒著她舞者的名聲，就像對小娜奧美，人們只是見不得別人幸福，他們詛咒會跳舞的女孩，因此有一天，莎樂美把牠們的頭都砍掉！」手段真激烈。

莎樂美看起來一直若有所思。長日將盡，秋天染上沿著她住處大道旁的一排銀杏的葉子的顏色。我想她希望聽到的，是一個有關顏色的故事，有關樹木和山巒的故事，好讓她掙脫這死沉沉的公寓，好讓她能呼吸。

娜奧美養成觀看天空的習慣，唯一讓她感興趣的就是這個。每天她都拉著老河娜的手，走出門，朝遠離建築物的運河邊走。她望著天空上的雲。

「娜奧美，妳看到什麼？」河娜問。

「我看到的東西一動也不動，」娜奧美說：「像兩條巨蛇交纏在一起，牠們等待著。」

「等待什麼？」

「等待屬於牠們的日子到來」，娜奧美簡單回答，河娜不知道這個日子、這個時辰代表什麼。

她們看到的天空都是建築物之間的一小片天，走到三一橋（Samilgyo）那裡，就算緊瞇著眼睛，也看不見天空了。一個星期天，她們搭藍線地鐵，在忠武路（Chungmuro）站下車，朝著山走去。松林之間還有秋蟬的叫聲，以及另一個鳴聲，比較高尖，是鳥的尖啼。娜奧美握緊河娜的手。「這裡我可以看見龍，」她說：「牠們不喜歡城市的噪音，太多人、太多車的話，牠們就隱藏起來。」她們一路走上登上山頂的小路，離地鐵相當遠了。她們坐在石頭長椅上，河娜唸著在旁邊一座石碑上，尹東柱（Yun Dong-ju）的詩句。她看詩句讀誦，但她可能早就會背了，這是河娜對她因戰爭而亡故的祖父的懷念。

一顆星的回憶
一顆星的愛戀
一顆星的孤寂
有一顆星是憧憬
另外一顆星是詩

還有一顆星是母親

娜奧美注意傾聽，聽完了說：「我喜歡提到星星的詩。」

從那天開始，娜奧美就經常說到那兩隻龍。她並不描述牠們的樣子，也不說牠們是從哪裡來的。她只說些奇怪的事，例如：「當龍甦醒的那一天……」或是：「當時候到了，兩隻龍就會聚首。」因為她還小，老河娜認為這是她的幻想，就替她買了一些有關龍的圖畫書。甚至有一天把自己小時候聽過的海龍王的故事講給她聽：「從前，在韓國南邊，有個老農婦住在一個叫做木浦（Mokpo）的城市附近。她孤孤單單一個人，丈夫和兩個兒子都在戰爭中死了。她每天在木浦市場賣自製的米糕維生。有一天，她走在通往城裡的路上，遇上一隻老虎。老虎餓極了，撲上來要吃她，她丟下一塊米糕，趕快往前逃跑。但是她跑不快，不多久就感覺老虎追上腳跟，她又丟下第二塊米糕，然後第三塊，然後又一塊，老虎每次都一口吞下，然後繼續追著她。一會兒老農婦逃到了一座海灘上，手上已經沒有米糕可丟了，她就哀求海龍王：『偉大的龍，求求您幫助我，讓我逃過恐怖的虎口吧！』她剛一喊完，海水就分開來，海龍王出現了。牠對農婦說：『和我一起穿過海洋，到了另一岸，就可躲過老虎。』事情的確如此，龍王制住海水，讓老太太過到另一岸，直到島上，救了她一條命。」娜奧美問：「海龍王是什麼樣子？描述給我聽。」但老河娜不知如何回答。她只是跟娜奧美一樣簡單地說：「是一隻龍，跟妳看到的一樣。除了那個農婦之外，沒有人看過海龍王，但是牠確實存在，在海裡沉睡。」

娜奧美沒再問其他問題了。她知道天上住著兩隻龍。她看不見牠們，只是感知牠們，就像夏季溫熱的風，或是秋日讓銀杏金色的落葉飛旋的風。「當時候到了，牠們就會聚首，像兩個一出生就被分開的孿生兄弟。」她頭往後仰，坐在尹東柱石碑前的長椅上。「我確信，寫下這些詩句的人曾經看過牠們。」老河娜也確信：

「向來如此，當有戰爭或動亂的時候，兩隻龍就會在睡夢中蠢動，當牠們甦醒的時候，就是最後的審判日。」她覺得自己把所有的事都混在一起，《聖經》、佛書、甚至戰爭結束時，祖母跟她敘述的那些無聊以極的故事。

我又看見那個跟蹤者了。

事實上，我想他一直都跟蹤著我。他是個行家，不會因為幾滴雨而氣餒。我太小看他了。我是在地鐵裡認出他來的。他和我之前住在「破敗區」時看到的模樣不同。他的身材顯得比較高大，身穿高級西裝，腳上是鞋頭稍尖的時髦黑皮鞋。頭上不再是夏天還戴的那頂滑稽的黑毛線帽，而是一頂藍灰色的小帽子，像去看賽馬、或是在蠶室洞（Jamsil）的大飯店，咖啡廳裡的人戴的那種帽子。

我再次看見他，也就是在蠶室洞。我去一棟辦公大樓裡應徵一個公司的英文翻譯工作，不確定是保險公司或金融仲介公司，我是在*jobkorea*上看到的徵人廣告。酬勞很不錯，工作時間是在大學考試之前，*bitch*英子重新回來教課，不再需要我代課。我已兩個月沒去看莎樂美，所以我實在需要賺點錢、付房租。蠶室洞的面談約在晚上九點，這一區的辦公職員都下班了，大樓像一艘燈火通明，但空無一人的大船。從地鐵車廂的窗戶上，我看到他的身影。他坐在我後方幾排遠處，正看著我。我最先認出的是應該他的眼光，這眼光緊盯著我的背，在頸部下方一點，讓我感覺像冰冷的水順著脊椎往下流。但我在地鐵裡，四周都是人，每站都有人上下車。抵達我那一站時，我決定先不要動，在門關上的最後一刻才下車。我在電影裡看過這一招，似乎是個好點子。我在地鐵走道上走得很快，朝四號出口走去，那是最靠近我要去的公司大樓的出口。雖然四周鬧哄哄，我依然聽見身後跟蹤者的腳步聲，遠遠地，和我的步伐一致，新鞋的塑膠鞋跟在走廊上敲出回音，跟電影裡的情節一模一樣。我感覺心臟狂跳，走道上冷風颼颼，我卻在流汗。到了走道底端，四周都沒人了，只有我，以及敲著地面的那個聲響。我試著思考：如果我開始跑，他跑得比我更快，而且讓他知道我已經發覺他、對他恐懼的我受他擺布。如果我躲起來，例如躲到那個賣雨傘和腰帶的小店裡，他看到我進去，勢必得等在外面，我總不能一輩子躲在那三平方公尺的小店裡，裡面的老太太追著我問：您買什麼呢？我應該會放眼想尋找一個穿制服的，比如警察、地鐵工作人員，或是軍人都好，以便求救，但這一切恰好在需要時，都碰不到。而且，如果他有同黨呢？警察說不定是喬裝的，我一上前剛好被他扣住手腕威脅呢？我想打電話，但腦中想不起任何一個號碼。我在這世上真是孤獨啊。有一秒我甚至想到莎樂美，實在愚蠢，一個可憐的身障者能幫我什麼呢？我想到她只是想比照編造的故事，就好像會發生一個真實裡不可能會發生的轉機。她會說：

「喔，然後呢？」

然後呢，我可以找到一個解釋了每個環節的結局，一個讓人放心的結局，最後的妙計讓我能夠脫身，留下性命。相當奇怪，這個想法驅逐了恐懼。我甚至能想像一個結局，想像自己開始奔跑，後面那個男的踏著漆黑大皮鞋、頭戴著maverick小帽子機械式的步伐跟著，我主宰著情勢，情況可能會改變，可能會停止，也可能像夢中糾纏不去的影像，隨著早晨天光，一分鐘、一分鐘煙消雲散。甚至我就是在一場夢裡。我是夢裡的主角，同時看著我自己的反應、行走、搖晃著手臂、緊按著斜背的包包、稍微斜過頭，偷看映在櫥窗上的追蹤者身影，數著他的腳步，一二、一二、一二，我加快腳步，聽到身後一二、一二三，就像小孩為了走快，跳起一步，想到這裡我甚至微笑起來。走到四號出口時，我猶豫了一下。如果換走六號出口，出去後再過馬路回來呢？我可以在車子之間穿梭，藉著鷺室洞晚上繁忙紛亂的車流逃掉。但這也是徒勞。就算不是今天，也會是明天，或者後天。我都已經搬得遠遠的，搬到城市另一端的梧柳洞，不也是徒然嗎？我確信他一路跟蹤到梧柳洞，從布魯克林大橋下穿過，在賣豬肉的餐廳前，看到我走進公寓大樓，他站在下面的人行道，直到我房間的電燈開亮。他滿意地點起一根香菸，站著一動也不動地抽完。而我還以為自己已經遠離這一切，已經斬斷自己的行蹤，已經逃掉了。

恐懼之後，我現在感到憤怒。是憤怒使心臟狂跳，充塞胸口。我怎麼會那麼天真？我對生命真的如此無知嗎？經歷過這一切，表妹的惡毒、姑媽的蔑視、孤獨、尤其是貧困，只吃一點米飯和發餿的泡菜、只喝水龍頭溫溫的水過活，這一切只為了成為眼前這一個兇殘動物的獵物，或許還會被分屍，大塊地裝在黑色垃圾袋裡，綁起來丟在漢江裡嗎？我走上通往地面的階梯時，這些想法在腦中轉來轉去，然後我混入人行道上的人群中，朝向那像一艘港邊大船般燈火通明的大樓走去。

然後，我突然發現跟蹤者不在我身後了。從停著的車子的後照鏡、從商店的櫥窗上，我沒再看到他的身影。我也沒法聽到腳步聲，因為大街上一片喧囂，車子馬達聲、馬路中央公車尖銳的唧唧聲、手機店和化妝品店前面擺攤的音樂聲、商店門口誇大誆騙顧客的喇叭廣告聲。一個女人穿過小街朝我走過來，一身白袍，像護士制服，或是新娘衣，她的樣子很年輕，但一靠近，我看見她的臉已滄桑，爬滿皺紋，帽子下的灰白頭髮亂成一團，戴著口罩。她走到我面前時，喊了一句什麼，我沒聽懂，側向一邊讓她過，她看著我，重複地說：AIDS! AIDS! 路人像避瘟疫一樣避開她。

我回過頭，並不是想看她，而是用這個當幌子，看看跟蹤者是否真的不見了，也趁機停下來喘口氣，想一想：是我多疑了嗎？或是：他看到警察，怕我舉報他？又或是：今天還不是下手的日子。就像天上的龍，等待時候到來。他會在時機到的時候現身。但什麼時機呢？他何時決定什麼時候是時機？為什麼是明天而不是現在，為什麼是蠶室洞這裡而不是梧柳洞，或是莎樂美住的那條街上？

大樓入口就在我面前，我只消往前走幾步，推動旋轉門。但我停下腳步。我一時之間還沒明白，但看見一隻手拉著我肩膀，同時看到另一隻手臂，如樹枝般粗壯有力。我叫不出來，連動都動不了。我的雙腿顫抖，心臟狂跳，無法呼吸。他在那兒，就在我身後，抓著我。他的聲音在我耳畔，我聽不懂他說什麼，慢條斯理的句子，輕輕的噓聲。「不要進這個門，不要去，這是個陷阱，有人在裡面等著要加害您。」大樓門口空無一人，門裡也空無一人。大廳一片陰暗，暗色玻璃門，裡面天花板吊燈是放射星形。我看見電梯門，我本該踏進那電梯門，上到十二樓，應徵地點在那裡。聲音在我耳邊重複：「不要進去，是個陷阱，別拿您的生命冒險。」我擺脫開一隻手臂，掙脫那男人，把他推開。他放開手，往後退兩步，背著光，我看不見他臉上的五官，只認出格子小帽子、他的西裝。他比我以為的來得矮，也沒那麼壯碩。我不知道他是否在微笑，我之前看過幾次他微笑。他身上有香菸和酒味。這氣味讓我放心。「您怎麼知道？」現在我不再害怕，他只是一個和其他人一樣的男人。小帽子看起來滑稽。「您是誰？怎麼稱呼？」

他沒立即回答。只是重複這句話：「不要進這棟大樓，有人等著您，您冒著一個非常大的危險。」我不接受這句話，大喊：「危險的是您，您跟蹤我好幾個月了，您是誰？」他再自然不過地回答：「跟蹤您是我的職務，我受命保護您。」我還是不懂，他帶著關心的語調又重複那句：「有人在大樓裡等著您，他會加害您，置您於死地。」現在，我已在門邊。我又看看大門，空蕩陰暗的大廳令我退卻，我不想進去了。「誰雇用您的？是誰要您保護我？我不相信您的話。」隨即我明白了。唯一會這麼做的人，唯一知道我所有事、有錢有權、有這個想像力的，是她，一個癱瘓在輪椅上，利用費德瑞克•朴，從城市另外一頭，在她的黃色客廳裡組織這一切、策畫這一切的人。這真是太可笑了，我忍不住大笑，嘲笑起來。「好吧，現在您可以去跟她做報告了，去跟她說發生了什麼事。去跟她敘述您的故事，是怎麼在地鐵裡跟蹤我，怎麼制止我去赴約，又是怎麼救我一命的！」

我轉過身，頭也不回地走了，走在朝蠶室洞方向的大道上，一時之間沒發現，在路上經過一間教堂的大門，那是兩扇緊閉的大門，門上亮著霓虹燈，這是許久之前娜比開啟歌手生涯的那間教堂，我想那也是我剛到達首爾這個大城市的時候，我到鐘路區書店地下室翻閱日本偵探小說、尤其中國小說家笛安（Di'an）寫給世界上所有國家裡、天真的鄉下女孩看的輕小說之際。我在那裡遇到費德瑞克・朴。我想莎樂美雇用跟蹤者，勢必是要我跟她描述被一個陌生人跟蹤感受到的恐懼。我也想，她永遠不會知道菜鳥跟蹤者這個故事的結局，原因正是她那保護天使阻止了我進入那棟有謀殺者等候在裡面的大樓。聽不到結局，算她活該！

經過這一連串不尋常的事件，我決定再度搬家。離開梧柳洞。現在，我不再懼怕跟蹤者。我不知道他是否繼續他那保護天使的職務，或許莎樂美辭退了他，因為一個被識破的監視者已經失去用途。這就像是一場遊戲，當他靠近我、警告我危險的時候，就破壞了遊戲規則。之後，我不時接到朴先生——又名費德瑞克——的電話，約我見面。我們每次都約在以前常見面的Lavazza咖啡廳，在安國

（Anguk）站旁邊。我新找到的幸福窩居就是在這一區，一棟小房子二樓的一間獨立房間，房東是位中國大嬸，叫做露露太太，和三隻貓住在一起。我從弘大下課回來，坐在咖啡廳裡，點一杯卡布奇諾、等待朴先生的當下，在小筆記本的白紙上記下所有腦中想的，歌曲、詩句，甚至格言。我現在也喜歡把我做的夢記下來。朴先生偶爾告訴我莎樂美的消息，她叫做金世莉，朴先生說起她的事如此鉅細靡遺，我猜想他們以前是情侶，在二十年前，當他還是小學生的時候。這是我想像的，但當然不能對他說到這個。

「她的情況惡化很多，」費德瑞克說：「她日漸死去，她很想見妳，但妳拒絕收她的信息。」「這關你什麼事？」我嘲諷地說：「你現在變成她的信差？」他聳聳肩：「這樣惡毒的話，不像是妳會說的。」他又怎麼知道？人不是生來惡毒，而是變成這樣的。這是我在小本子上記下的格言其中之一。

我決定堅持下去，不再掉入別人的陷阱。所有人都有所求，都不會放過我。搬家之前，我每天都被姑媽的電話騷擾。那個甜美可人的表妹白華蹺家了！全家人雞飛狗跳！我一定得想出辦法，全家都擔心她的生命安全，更擔心她的貞操美德！好像她還保有什麼可失去的美德！剛開始，我打姑媽的電話號碼，跟她解釋我完全不知道她女兒做什麼，以及她跟誰在一起、在哪裡。這個回答不順姑媽的意，她臭罵我一頓，說我自私、說謊、只知道占便宜。她和女兒為我做了這麼多，殷勤接待從鄉下來的我，而我對首爾一無所知，我這個全羅道賣魚的女兒，唯一能做的就是刮魚鱗。我掛斷電話，再也不接她的來電。之後是一堆信息，有的哀求，有的威脅。我甚至擔心她氣急攻心地殺到我住的地方來，搭地鐵直到梧柳洞，運用她一貫的小聰明，拿到鑰匙直到我房間裡，並將兩腳岔開、帶著殺氣騰騰的眼神坐在床上等我。因為這原因，我不斷另覓住處，愈遠愈好。

接下來，她改變戰術。她要我母親打電話來說白華的事。我和母親平常差不多每個月通一次電話，簡短幾句，只是為了通個消息，天氣如何、工作如何、缺不缺錢。我經常想回去故鄉，全羅道，有時想到我們村子，心裡一陣痛，除了狗打架之外，什麼都不會發生的街道，只有週六會有醉漢倒在番薯田裡。然而我很想念海，我喜歡在木浦港口閒逛，媽媽則忙著和漁夫商量旗魚和魷魚的價錢。我喜歡海水的氣味、海風的聲音，海上漁船的燈火，就像靜止不動的龐大動物懸掛在夜色裡。

「想想我們，親愛的女兒，」母親說：「白華是爸爸的妹妹唯一的獨生女啊，血濃於水，妳不能不管她。」為了讓她放心，我說我會處理。

「等考完試，我有點空時就會處理。」

我說謊，我知道自己不會為白華動一根小指頭。姑媽大可以雇用私家偵探，有必要的話，我可以給她跟蹤者的聯絡方式。我不記得和媽媽說了什麼，也不知道她和姑媽轉述了什麼，但這件事在我們之間劃下了鴻溝，我終於擺脫她了。一段時間之後，我得知白華回家了。她的父親摑了她巴掌，她的母親把她臭罵一頓，然後原諒了她，一切回復原狀。人們就是這樣製造出小混混和小太妹的。又一句格言。

因此，我明白我生命中發生了什麼；我之前從來沒有認真想過，這一切是如此怪異、難以置信。不知是偶然，或者就像一場醒著的夢。回想一下，一切似乎都冥冥中為了成就這個故事而安排，我像受命於某個更高的、上天的旨意，為它傳達信息，自此之後，我自己也必定會改變。是的，以下是我的最後一個故事，在還來得及的時候，我要講給莎樂美聽。我編這個故事，是為了她，為了向她表白，她是我生命中唯一重要的人，比我自己的父母、比已經失去重要性的費德瑞克對我來說還更重要。她是唯一一個——在這首爾城市裡生存的千千萬萬的生靈，在所有的社區，所有的建築，大街和小巷，橋梁和地鐵隧道，甚至在目睹過岸邊洶湧著所有戰爭、罪行、熱血的浩浩漢江裡，她是我唯一一個在乎的人。綠黃色的江水依舊東去，朝向大海，混合著海洋汙濁的海水，一去不復返。

穿越彩虹橋，給莎樂美的故事，塞布蘭斯醫院（Severance），二〇一七年四月

這是個真實故事，我唯一的真實故事。我的意思並不是說，講給莎樂美聽、治療她痛楚的其他故事都是假的，但我將它們改造成她喜歡聽的，加些溫柔的句子，添些殘酷的字眼，呈現她所不知道的、世界上發生的事，一個人們生活的、人們能感受陽光炙熱、冬季冷冽，有風、雨和雪的世界。這個世界殘酷、自私，沒有人關心她，就算她死了，這世界也不痛不癢。

一個周日大清早，小娜奧美走下母親的公寓，鐘路區一棟大樓B棟十二樓。在大樓前面，有一個長形小花園，四周種著樹。在雪中，一棵冬天從不掉葉子的木蘭樹下，娜奧美看見一小團灰色羽毛，靜止不動地打著顫，一隻

狀似睡著的小鳥。她一靠近，鳥兒就張開嘴，發出「啪克—啪克！」的叫聲。娜奧美蹲下看著牠，問道：「嘿，你怎麼啦？走失了嗎？」牠用同樣尖銳的叫聲回答：「啪克—啪克！」一邊拍動翅膀，抖抖脖子上凌亂的羽毛。娜奧美靜止不動好一會兒，當她站起來要走的時候，鳥兒站起來跟著她，躲到她兩腳之間。牠抬起頭，抖抖翅膀，又發出一聲「啪克！」，像在說：「帶上我！」娜奧美想，若是把牠丟在那兒，會被附近的貓一口吞了。她把鳥兒捧在手中，牠乖乖不動，小爪子抓著娜奧美的手指頭，像抓著一根樹枝，指甲還掐進她的肉裡。娜奧美回到公寓，她的母親不在家，她不知該把牠擺哪裡，只好把牠放在洗臉檯裡，一條毛巾上。她餵牠水喝，先是裝在漱口杯裡，但牠不會喝，她就用手掌心盛著水，牠快速地把水喝光，想必牠從樹上掉下好一段時間了，沒喝也沒吃。回到溫暖的公寓裡，牠顯得比較有精神，抖抖羽毛，展展翅膀，娜奧美發現牠翅膀的羽毛顏色好美，亮麗的藍色，外緣搭配著幾根黑色的鳥羽。牠是娜奧美看過最美麗的東西。她等著老河娜回家，河娜一看見鳥兒，就叫道：「妳的鳥是隻松鴉，森林裡的松鴉，人們叫牠鳥漆鳥。」娜奧美因而替她取了名字：「歐漆」，和愛爾蘭人的名字裡總加個「歐」一樣。河娜說牠可能活不了，因為從巢裡掉下的雛鳥，沒有媽媽餵食。「歐漆吃什麼呢？」河娜說牠什麼都吃，尤其是森林樹木上找到的小昆蟲和小蟲子。幸而，河娜從小在海邊長大，知道去哪裡找釣魚用的小蟲。她帶娜奧美到火車站附近的南大門（Namdaemun）市場，那裡有許多賣給海釣客小蟲魚餌的小店，買回來一袋小蟲子。娜奧美餵歐漆吃第一餐，用木頭筷子夾起小蟲放在鳥嘴前，牠一口吞下，心滿意足地抖抖身體，又大張著嘴，發出牠那聲「啪克！」尖鳴，並討另一隻小蟲吃。娜奧美和老河娜整個星期都很興奮，快樂地輪流餵食歐漆，和牠說話、幫牠清理糞便。娜奧美發現歐漆喜歡在紙上大便，老河娜便找來舊報紙，甚至二手書。剛開始，她試著讓歐漆睡在鳥籠裡，但牠不肯，一把牠關到鳥籠裡，牠便發出最絕望的「啪克！」尖鳴，娜奧美只好把牠捧在手上。從此他們形影不離，她走到哪裡，歐漆就跟到哪裡，甚至到浴室和廁所。河娜解釋說：「妳是牠從巢裡掉落後看到的第一個人，所以牠認定妳是牠媽媽。」

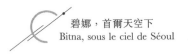

河娜出門工作的時候，就把歐漆放在樓下花園裡撿來的樹枝上，她用膠帶把樹枝固定在洗臉檯上。娜奧美下了課回來，心怦怦跳地趕忙回家，歐漆用尖鳴迎接她，好像說：「媽媽，我餓了！」一邊拍動著美麗的藍色翅膀。娜奧美餵牠小蟲吃，用手盛水給牠喝，然後她仰臥在地上，把歐漆放在胸口讓牠取暖。「聽我的心跳吧。」她說。她知道嬰兒最喜歡的就是聽媽媽的心跳聲，既然歐漆決定她是牠媽媽，牠需要安心的感受。

醫院病房和莎樂美的家完全相反，一整片白，窗戶是一方慘白的天光，塑膠百葉窗簾也檔不住。她躺在病床上，上半身罩在一個送氣、排氣的金屬圓柱體裡。我只能看到她孱弱的腿、腳，還有手臂，和瘦削的臉。她眼睛四周的皮膚呈灰色，頭髮用髮夾攏在腦後。但是她一直擁有羅塞蒂那幅《燕子妹妹》（*Sister Swallow*）畫上規則的臉蛋。她頭往後仰，雙眼緊閉，被病痛折磨成細薄的嘴唇露出某種蒼白的微笑，她也像約翰・艾佛雷特・米萊[8]畫的《歐菲莉亞》（Ophelia），我十二歲時非常喜歡的一幅畫，還把它掛在全羅道家鄉我的房間裡。當我開始說到娜奧美，她的眼皮微微顫動，她想對我做出訊號，告訴我她在聽。費德瑞克早已提醒我：

「妳如果現在不去，就會太晚了。」這不是促使我決定前來的原因，而是我兒時收容過一隻鳥兒那個愈來愈模糊的記憶。我想和莎樂美分享這隻鳥的回憶，並不是因為她和那隻我照顧牠直到死亡的鳥對我同樣珍貴，而是那隻鳥有著和所有活著的生靈共通的故事，是和「誕生」一樣，生命裡最神祕的故事。

娜奧美和歐漆度過了幾個星期充滿愛的時光。每當她從學校回來，就趕快跑到浴室，藍色小鳥低聲尖叫歡迎她，叫聲不僅表示「媽媽，我餓了！」也代表牠經過那麼長時間獨自待在黑漆小房間中，重新看到她的喜悅。娜奧美用手捧起牠，放在肩膀上，牠的鳥嘴輕啄著她的脖子、撥弄著她的頭髮。之

8 譯註：約翰・艾佛雷特・米萊(John Everett Millais, 1829-1896)，英國畫家，與羅塞蒂同為前拉斐爾派創始人。

後是餵食時間，娜奧美用木頭筷子夾著蠕蟲和小昆蟲，對著牠說「啊，啊！」要牠張大嘴巴，像所有媽媽餵嬰兒吃飯那樣。但是娜奧美察覺有點不對勁，鳥嘴底端有一個小小的白色腫瘤。她告訴河娜之後，河娜決定帶歐漆到首爾國立大學做檢查，他們那裡有野生動物檢查所。河娜在醫院當清潔工的朋友有美（Yu-Mi）幫她安排約診。檢查結果殘酷至極。歐漆患了一種侵襲野生禽類的致死病毒，已使鳥喙變形、阻塞食道，已經沒救了，獸醫建議立刻安樂死，以免牠受更多苦痛，也避免傳染到其他野生鳥禽。娜奧美哭著回到家，她不肯置鳥於死地，雖然母親跟她講道理勸說：「妳要接受，娜奧美，這是對待牠唯一的解決方法，對妳也是，妳不能違逆必須到來的事。」但是，現在怎麼能拋棄歐漆呢？牠愛她，對她全然信賴，到處跟著她，吃得那麼歡暢，吃完以後還高唱、展開那藍色羽毛的翅膀。娜奧美從來不祈禱，但現在她開始祈禱了，祈禱在夢中見過的不管是什麼聖者什麼神祇，希望祂們幫助可憐的歐漆痊癒。從那一天起，歐漆每一刻的生命只能託給命運，每多一天、每多一小時都是從疾病手中偷下來的。每次啄食都讓牠增加一點體力、每次娜奧美的心跳也讓牠的心跳動，她把牠放在手心時，透過羽絨感受到的那顆小小心臟。為了讓歐漆排遣心情，娜奧美買了一張鳥鳴聲的CD，在母親的電腦上播放。她還在網路上找了山間松鴉叫聲的錄音，放給歐漆聽，牠睜大眼睛，似乎很喜歡這音樂。晚上睡覺之前，娜奧美把樹枝放在床墊旁邊，若發生什麼事可以立即應變。夜裡她睡不著，想著歐漆如果活著，可以認識的一切，天空裡風的氣息、牠身子底下綠色如毯的稻田、山巒和森林，還有娜奧美要教牠在樹皮上找蟲子吃的時候，陽光下松樹的氣味。「不要死，求求你」，娜奧美低聲祈禱：「世界上還有那麼多美麗的事物要看，你都逃過那麼多危險，被我救起來了，不要死！」

莎樂美聽著我的故事，我知道她喜歡這個故事，因為她黑色眼珠上的眼皮偶爾半睜著，閃著晶亮的淚珠。主治醫生是個和莎樂美差不多年紀的女人，或許是這原因，她對病入膏肓的莎樂美心存憐憫，當我坐在床旁邊鐵椅子上，她對我說：「您知道嗎？因為減緩痛楚的藥物，使她看起來像沒有意識，但請和她說話，她聽得到，就算您以為她睡著了，其實她聽得見您說的。」我是唯一每天來看她的人，或許也因為我沒有工作，考試時期也結束了。我沒通過考試，想必這一學年是泡湯了，很可能沒錢繼續學業，得回到南部家鄉，遠離首爾，幫我母親幹活。朴先生，也就是費德瑞克，因為喜歡蕭邦，跟我說他即將前往美國，他收到一所知名的大學——羅格斯大學（Rutgers，不知道為什麼大家都發音成Ruckers）的入學許可。他並沒提議我前去會合，反正難道我這麼做，就能把自己也變成Bitch？莎樂美置身這一切之外。她處在一座小島上，遠離塵囂和風浪，我的聲音是連繫著她的唯一的一條線。

歐漆日漸衰弱。剛開始，娜奧美拿木頭筷子，夾東西伸到牠面前，牠就趕快湊上前吃掉，現在卻轉過頭去。他不時發出叫聲，那聲尖銳的「啪克！」但娜奧美聽得很清楚，牠的叫聲已不是歡愉，而是憤怒與恐懼，像一個沒有解答的問題。為了讓牠解憂，她把牠放在肩膀上，一起在大樓下光禿的小花園裡的樹木間走走。娜奧美想，牠或許會認得出生的地方，會想起牠的媽媽、牠的巢。但歐漆一出門就瑟縮顫抖，閉著眼睛捲縮在小女孩的頸肩。世界對牠來說太過浩瀚，天空太白，冷風穿進牠的羽絨，牠無力抓住娜奧美伸過來的樹枝，也或許牠害怕被小女孩拋棄在樹上。已經束手無策，獸醫助手露妮（Nuni）早已說了：「妳遲早都得把牠帶來這裡，讓我們幫助牠死亡，是牠這樣要求妳，妳如果愛牠，就要幫牠這個忙。」老河娜什麼也不再說，看著娜奧美把鳥兒抱在胸口，只嘆口氣。愛是一個試煉，她想，她把娜奧美抱離孤兒院的時候，就已經明瞭這一切，這是不能反悔的承諾，一旦開始就必須堅持到最後。現在，娜奧美夜裡不再把歐漆放在黏在水槽邊的樹枝上，而把牠留在身邊。她把牠放在胸口（加墊一張紙讓牠可以大便），直到牠睡著。之後，她輕手輕腳把牠移到樹枝上，不干擾牠的睡夢。她傾聽牠的呼吸聲，從來沒想到一隻那麼小的動物居然呼吸會發出聲響，睡眠中好像在作夢，偶爾冒出一聲小小的尖鳴，溫柔的噓聲。牠睡眠的每一分鐘對娜奧美來說都是珍貴的，她也跟著睡著，睡得很淺，並做充滿怪異的夢。她夢到從幼兒時期以來看到的奇怪動物，有的溫柔馴良，有的凶惡駭人。他經常夢到首爾天空上的兩隻龍，覆蓋著首爾城市與漢江，偶爾緩緩互相移動、交纏。她夢到和歐漆一起飛上天，一起飛過田野，越過森林和稻田，直到海上小島。

莎樂美也想移動身體，或許背上的褥瘡讓她難受，或是抽筋的腿。我輕輕幫她按摩，這是以前幫祖母按摩時學的。我用手指壓按著緊繃的筋、肌肉，緩緩把血液和淋巴液往上推拿。呼吸器發出海浪沖上卵石沙灘的聲音，心電監護儀發出刺耳的警報聲，護士馬上趕來了。她的臉色蒼白，襯著護士帽下挽成髻的黑色長髮，把針插入連接莎樂美右手動脈的管子裡，輸入抹去痛楚的白色液體。「她現在會睡著，將一直睡到明天早上。」她關上百葉窗簾，室內半暗下來，但走廊上亮著霓虹日光燈管。我站起來，無聲地走到房門口。

那一夜，娜奧美被一個聲響驚醒，她立刻爬起來，看見歐漆從樹枝跌下，躺在水槽裡的白毛巾上。牠側躺著，顫動的羽毛顯示他還活著。娜奧美輕輕把牠捧在手上，靠近胸口，輕聲細語地跟牠說著溫柔話語。但是歐漆還是一動也不動，頭歪在一邊，緊閉著眼睛。娜奧美記起在學校學的急救法，朝歐漆半開的鳥嘴裡吹氣，讓牠回復呼吸。「醒來，歐漆，求求你！」過了一陣子，歐漆醒了，微睜著眼睛，看著娜奧美，但牠的眼神迷亂、渙散。她感受到牠在顫抖，還想伸開翅膀，展露美麗的藍色羽毛給小女孩看。牠發出兩聲鳴叫，牠叫著「啪克—啪克」，牠很想發出歡愉的叫聲，但發出的是痛苦的尖鳴，因為生命從牠身體逃脫，牠徒勞地想抓住。「歐漆……歐漆……」娜奧美低聲喃喃。她又在牠嘴上吹氣，隔著羽絨按摩牠的心臟。鳥兒突然直挺僵硬，頭往後垂，好像試著飛起來，但翅膀在娜奧美的手掌上攤開。牠死了。

莎樂美現在聽不到了。她從昨天開始就陷入昏迷。呼吸器繼續發出大海的潮聲，吸氣—排氣，殘酷的聲音。當生命離開的時候，她沒有叫喊，也沒有說出一個字，只是一瞬間變得非常蒼白。我試著救她，按摩她的雙腿和手臂，對著她的嘴吹氣。她已遠離，前往彩虹橋，和歐漆一樣。她的身體還留在病床上，胸口綁著的是肺部儀器，手腕上動脈也連接著管子，輸入那白色雲狀的液體。我原本以為我對她的死不會有什麼感覺，其實相反，我覺得鬆了一口氣，讓我擺脫她的控制、她的惡意。我對她的怨恨突然煙消雲散，這股怨恨就像在全羅道的父親捕起的章魚，一下就翻過來了。莎樂美可能是在首爾這個沒有人會和其他人相遇的城市裡，唯一真正關心我的人。她想要我為她而活，為她敘述外面的世界，利用了我，卻也保護了我。因此，當她離去時，我的眼裡充滿了淚水。

娜奧美一整夜守在歐漆身邊。一大早，甚至在她母親醒來之前，她往下走到大樓前的花園，在木蘭樹下用手挖了一個墳，把歐漆放進去，歐漆側躺著，頭往後仰，像要等著吃東西。她沒在墳上種花，也沒念禱詞。整個世界都沉睡著，連首爾天上兩隻龍也互相交纏著沉睡。她的幾滴眼淚滴在地上。她再也不會是原來的她，因為她知道了死亡是如此困難，當整個身體和整個意志都還想活下去，必須尖叫、顫抖、僵硬，直到靈魂朝向顏色瑰麗的彩虹橋飛去。直到現在，她都沒忘記歐漆，每天上學之前或放學回來，她都會在木蘭樹前停下，和牠說話，敘述她的一天，對牠說看到的好玩或悲傷的事情，和牠說天氣如何，太陽和風如何，花朵快要開始綻放，蟲子在樹皮間即將甦醒活動，就像在說：來吃我們，來吃我們。有時，她聽到天空上拍翼的聲音，尖聲的鳥鳴，感覺到歐漆並不遠，牠很快就會回來。

我是碧娜，十九歲，一個人生活在首爾這個大城市，在這天空下，我認識許多人，遭遇了許多事，有一些是聽來的，也有些是來自於我的夢，或是我的人生。我沒去參加莎樂美的葬禮——本名金世莉，我不確定費德瑞克‧朴先生是否去了。莎樂美的家族不喜歡他（有一天他突然講到他自己的時候，告訴我的），說他是隻飛燕，黑白相間的鳥，喜占人便宜，能偷就偷。小白臉一個。我覺得他們想的倒也不完全錯，他和許多男人一樣，拿他想要的，然後頭也不回地一走了之。

我走在首爾天空下，雲朵緩緩移動，江南區下著雨，仁川那裡卻閃耀著陽光，北漢山在北邊像巨人鑽出雨幕。我獨自一人，自由自在，我的生命將要開始。

首爾—巴黎—首爾，二〇一七年四月至九月

Muses

碧娜，首爾天空下

Bitna, sous le ciel de Séoul

作　　者—勒・克萊喬 J. M. G. Le Clézio
譯　　者—嚴慧瑩
發 行 人—王春申
總 編 輯—李進文
編輯指導—林明昌
主　　編—邱靖絨
校　　對—陳慶德、邱靖絨
封面設計—謝佳穎

營業經理—陳英哲
行銷企劃—魏宏量、張傑凱
出版發行—臺灣商務印書館股份有限公司
23141 新北市新店區民權路 108-3 號 5 樓（同門市地址）
電話：(02)8667-3712　傳真：(02)8667-3709
讀者服務專線：0800056196
郵撥：0000165-1
E-mail：ecptw@cptw.com.tw
網路書店網址：www.cptw.com.tw
Facebook：facebook.com.tw/ecptw

局版北市業字第 993 號
初版一刷：2019 年 5 月
定價：新台幣 320 元

法律顧問—何一芃律師事務所

國家圖書館出版品預行編目(CIP)資料

碧娜,首爾天空下 / 勒.克萊喬(J. M. G. Le Clézio)著；
嚴慧瑩譯. -- 初版. -- 新北市：臺灣商務, 2019.05
面；　公分. -- (Muses)
譯自：Bitna, sous le ciel de Séoul

ISBN 978-957-05-3201-2(平裝)

876.57　　108003742